笑って泣いてお日様ごこち

笑って泣いてお日様ごこち

詰草うら葉

幻冬舎 MC

プロローグ

初めまして。もしくはいつもありがとうございます。詰草《つめくさ》うら葉《は》です。私と出会ってくださり、本当にありがとうございます！

〝笑って泣いてお日様ごこち〟という、私が高校生の時に（書道の授業で）書いた言葉があります。笑った後も泣いた後も、胸のあたりが、じーんと温かくなる、心が日向ぼっこしたみたいに元気になる、あの感覚を、表現した言葉です。なかなか気に入っています。

あれから私は〝お日様ごこち〟はどこから生まれるのだろう、と考えるようになりました。きっとそれは〝愛〟なのかもしれない。〝世界は愛で作られていて、愛は芸術で表現されているのではないか〟と思うようになりました。

言葉を綴るという幸せ極まりない形で、なぜこのように思い至ったのかを、私のエピソードを通じて、紐解いていきたいと考えています。それと同時に、紐解けないことなのかもしれない、とも思っています。私も模索中なんです。生きているから、日々の経験により変わるかもしれない。変わりゆく季節の中で、変わらないものとは何か考えてみたい。そしてあなたも一緒に考えてみませんか。
この本を読んで、素敵なあなたが〝お日様ごこち〟になりますように。愛を込めて綴ります。良かったらどうぞ最後までお付き合いください。

二〇二五年　春風の吹く頃に　詰草 うら葉

追記

この世界は〝お日様ごこち〟になる芸術作品で溢れている、と日々感じます。勝手に名付けて〝お日様作品〟とし、以後☀のマークを使って紹介します。私の人生にとってかけがえのない、心の支えになっている作品たちです。エピソードと共に、熱く語らせてください。

☀こもちもちこ『ぼくトマトまん』（文芸社）

絵が大好きで、世界一心の優しい妹（以後「もちこ」）が生み出した絵本。トマトが大好きな私の誕生日に贈ってくれた最高の宝物。主人公は実は『トマトまん』で、トマトの良さを世界中のみんなに教えるために、日々活動しているのです。トマトのように未熟な青色から、自分のペースでゆっくりと完熟した赤色になっていこうという表現が大好き。私もそうありたい。

刊行前に初めて受け取った時、開いたところに『トマト好きな、最愛なる姉へ』とサプライズメッセージ。嬉しくて、嬉しくて涙が止まらなかった。よく泣いている私だが、泣いた時間は最長記録である。

最愛なる妹へ、ありがとう。

お日様ごこちになる思い出

弟の結婚式

弟（以後「幹《かん》」）から、結婚式を挙げると連絡があり、胸が高鳴った。光栄なことに、今まで余興や友人代表挨拶の経験がある私。〝今回は親族としてゆっくり参列できるぞ。私はグリーンのドレス、夫（以後「あおくん」）もグリーンベースのスーツを持っているから、息子（以後「こんくん」）もグリーン系の服を新調するぞ。感動してボロボロ泣くだろうから、ハンカチは5枚準備するぞ〟と今からワクワクが止まらない姉である。

結婚式の知らせの後、幹と一緒に幹のお嫁さん（以後「あきちゃん」）が我が家に遊びに来てくれた時のこと。

幹から「姉ちゃんにお願いがあって。僕たちの結婚式でスピーチしてほしい」と想定していなかった依頼を受けた。

〝学生の頃、生徒会に所属していた私に、できるだけ目立たないでほしいと、ため息をついていたあの幹が！　今度は目立ってくれていいと？〟驚きを隠せない私に、あきちゃんは可愛い笑顔で言う。

「ぜひ、うら葉ちゃんにスピーチしてほしいです。うら葉ちゃんのスピーチは凄いって聞いたから」と。

さらに幹は「結婚式に姉ちゃん呼んでおいて、何もさせないで帰すわけにはいかないよ」と。

〝なるほど、そうか。私の目立つ才能を認めてくれたのか。ありがたい。ぜひスピーチやらせてください！　任せてください〟「喜んでお受けします」と私。

「ありがとう！　そう言ってくれると思っていたけどね」と幹。あきちゃんも「結婚式が楽しみになりました」と言ってくれた。

二人の共通の友人がスピーチした後に、私にも時間をいただけるとのこと。

「幹、あきちゃん。マイクはね、スタンドマイクじゃなくて、ハンドマイクを用意してもらって！」

原田マハの小説『本日は、お日柄もよく』（45ページ参照）にある、スピーチの極意十箇条の中に「二、エピソード、具体例を盛りこんだ原稿を作り、全文暗記すること。」とある。全文暗記して臨むのに、スタンドマイクに手ぶらだと格好がつかない。

〝お姉ちゃんなのよ。格好つけさせて〟

それから、ふとした時にスピーチ内容を考える毎日。大変なことに、原稿を考えているると、結婚式の当日かのように思いが溢れて泣いてしまう。スピーチの極意十箇条の最後「十、最後まで、決して泣かないこと。」これだけは守れないかも。

幹は二歳下の弟。私の友人の間で、とっても頼りになる男で有名である。姉バカなので、いつも周りに幹の話をしている。だって悩みに対する幹のアドバイスがプロレベルなんだもの。幹は、悩みの原因を一緒に分析してくれる。新しい角度から解決策を提示してくれる。気持ちが楽になる考え方を教えてくれる。

もちろんたくさん喧嘩もした。朝のアラームがうるさいと私が舌打ちして（寝ぼけていて覚えていないタチの悪い姉）幹が怒る。助手席争奪戦（助手席に座った人が好きなCDを流せる権利を得る）勃発。私の日記には「幹生意気集」のページがあったり、もちこの取り合いをしたり。

幹のプチ思春期には、幹から「学校で話しかけないで」と言われていたのにもかかわらず、幹を見つけると嬉しくて必ず話しかけていた迷惑な姉。最後には幹も諦めがついたようで、渋々ながらも手を振り返してくれたっけ。

幹も多分私のことを慕ってくれていて、久しぶりに帰省すると「スタバ行こうよ」と誘ってくれて一緒に出かけた。あきちゃんにプロポーズする前には、今の自分で大丈夫かなと、不安な気持ちを打ち明けてくれた。私にとって幹は同じ親を持つ親友であり、尊敬できる人間だ。

結婚式で幹は、あきちゃんにギターの弾き語りで、感謝の気持ちを伝えるらしい。幹の手作り動画（歌詞のテロップに合わせて、写真と幹が描いた絵）を流しながら歌うとのこと。曲はレミオロメンの『花鳥風月』。幹の気持ちにしっくりくる歌詞とのことで選んだそうだ。スピーチ原稿をまとめるために訪れたカフェで、『花鳥風月』を改めて聴きながら、歌詞を書き出してみる。幹が伝えたい思いたちは、なんて素敵なのだろう。毎日絵を描いている幹を支え続けてくれているあきちゃん。いつも愛らしい笑顔で幹を見守り尊重してくれているから、あきちゃんのために歌いたいと、幹は思ったのだろう。あきちゃんがいるから今の幹がいる。〝そうだよ！　二人が二人でいることがどんなに素晴らしいかも伝えたい〟

結婚式当日。海の見える素晴らしい式場。気持ちのいい天気。引き出物を入れるバッグはあきちゃんのデザイン。席札のハガキは一人一人違う幹の描いた絵。二人のおもてなしの気持ちが詰まった披露宴会場。

プロフィールムービーでは、ゲストの紹介コーナーがあった。結婚式を見届ける前に逝ってしまった、父方の祖父（以後「描爺《えがじい》」）も登場。描爺を囲む私たちを〝陽だまりのような家族〟と紹介してくれた。

「もうひと方スピーチを頂戴いたします。新郎のお姉様で、詰草うら葉さんです」

いよいよ来ました私の出番。私は大きく深呼吸して立ち上がり、背筋を伸ばして堂々と歩き前に立った。〝お姉ちゃん格好つけますよ〟幹とあきちゃんに目で話しかけてから、私はスピーチを始めた。

幸運なことに、私は二十七年間、幹の姉であり、幹をよく知る人間のひとりです。この場を借りて、語りきれない幹の魅力を、絞りに絞って絞って絞って、三つご紹介させてください。

まず一つ目。幹は幹です。とにかく自分を持っています。常識や肩書きに捉われず、自分と向き合う姿が印象的です。私はそんな幹を尊敬しています。幹と話をしていると、いつも新しい発見があり、面白い本を読んだような感覚になります。いつも楽しい話をありがとう。

次に二つ目。幹は素直な人間です。もともと素直の塊でしたが、あきちゃんと出会い過ごす中で、より一層その素直さがピカピカに磨かれたように思います。息子のこんが、まだお腹の中にいて、しゃっくりをしていた時のことです。ひっくりぴくぴくと動くお腹に、そっと手を当てて「愛おしいね」と言ってくれました。とても嬉しかった。きっとあきちゃんと二人で美しいものをたくさん見ているんだろうなあ、美しいものを美しいと感じる心や感覚を大切にしているんだろうなあ、と思った幸せなエピソードでした。

そして三つ目。幹は原石です。絵を描いて名誉を得ることよりも、絵を描いている時間の尊さを大事にしている幹は、原石そのものです。幹の原石を見つけ出し、大切にしてくれたあきちゃんがいるから今の幹がいます。これからも絵を描き続けながらその原石をしっかり磨き続けてください。二人が力を合わせて生きていく中で、この原石が輝きを増していくことを、楽しみにしています。

あきちゃんなしでは語ることのできない、幹の魅力はお分かりいただけたでしょうか。

あきちゃん家の皆様。姉バカ承知で言わせていただきます。「幹は必ずあきちゃんを幸せにします」

そしてあきちゃん。幹を選んでくれて本当にありがとう。こんなに可愛くて優しくて素直で、思いやりのあるあきちゃんがお嫁さんに来てくれるなんて、姉のうら葉はとても嬉しい！

最後に幹、あきちゃん。今日は本当にありがとう。私はこの日を思い出すことはありません。なぜならこの日を忘れることは生涯ないからです。

今、この瞬間を見せてあげたかった大切な人たちがいる中で、今、私たちがここにいることはどんなにかけがえのないことか。そのことを忘れずに、これからも二人らしく歩んでいってください。本当におめでとう！

追記

『弟の結婚式』は、私が初めて書いたエッセイ作品です。

〝感動を伝えたい！　表現したい！〟という強い思いが生まれた私の原点。幹、あきちゃん、ありがとう。今でも『花鳥風月』を聴くと、嬉し涙が溢れる姉であります。

これから先も、みんなで一つでも多くの思い出を作っていこうね。

☀レミオロメン♫『花鳥風月』
生きている不思議、共に生きていくことがどれだけ愛おしいことなのか、自然や日常の描写を通して優しく温かく表現されている。四季折々の風を肌で感じていたい。

カセットテープ

気がつくと、泣きながら袋に詰めていたのは、父のカセットテープだった。電気もつかない部屋で、家を売り払う前の片付け最終日にすることは、自分の荷物の最終確認のはずだったのに。守りたかったものは、他にもあるはずなのに。あの時の私は〝このカセットテープだけは守らなくては〟と強く思ったのだ。

学生の頃は、まだ分かっていなかった。父が躁鬱病であること、アルコール依存症であること。父が働くことができないのは、私たち家族のことを、愛していないからだと思っていた。父がきっと辛かったであろうと理解できるようになったのは、自分が社会人になってたくさん失敗した時だった。こんなにも大変な社会。家族を守らなければならない重圧。思うように過ごすことができない、自分への苛立ちや不安。きっと毎日苦しくて逃げたくて、アルコールに頼ったのかもしれない。

父の仕事の関係で関東にいた年少期。私が中学入学のタイミングで「家族みんなで、祖父母のいる九州に帰ろう」と父が言い、引っ越しが決まった。寸前になり、やはり一人で関東に残るという父に「一緒に九州へ帰ろう」「家族みんなでいたい」と訴え続けて、父も納得したはずだった。いざ帰ってきてみると、今までと全く違う環境や立場に苦しみ続けた父。毎晩のように「俺の人生返せ」と叫ぶようになっていたのだ。アルコールに溺れ酔い狂う父。私たち家族が寝ている部屋のドアを開けては「お父さんは死にます。さようなら」と怖いほど陽気なテンションで語りかけてきたあの恐ろしい夜。怖くて、怖くて、でも何もできなくて、布団の中で震えながら、もちこと手を握り合って寝付けない夜を過ごしたこともある。

父が働くことができなくなり、家賃の支払いが難しくなって「家を手放そう」と言い出したのは私だった。他にも何かいい方法があったかもしれない。〝いつか父も前を向いて、働けるようになるはずだ〟と信じて必死に家族を守ろうと、いくつも仕事を掛け持ちする母。社会人になり、少しでも力になりたいと無知なまま、借金をする私。限界だった。

父と離れて暮らすことになった。父を隣の県に住む描爺にお願いして、私はアパートの一室を借りて母ともちこと暮らそうと決意した。でも本当はとても怖かった。当時、大学生で、県外にいた幹に決意を伝えた。「家族のことを一番考えてくれている姉ちゃんの判断は間違いないと思う。いつもありがとう。どうなっていくか誰にも分からないけれど、その時々で一緒に考えていこう」と背中を押してくれた。

そうして、母の細やかな働きかけにより家が売れたのだ。大きな家から小さなアパートへ引っ越すことになり、多くのものを一気に手放さなければならなくなった。全てのものにゆっくり目を通す時間はなく、素早く判断するように心がけながら、片付けをした。手放すと決めたはずなのに、なんでこんなことになってしまったのか、悔しくて、悔しくて堪らなかった。何度も父を憎んだと思う。

カセットテープを見つけたのは、家を明け渡す前日だった。父は昔から几帳面だったようだ。カセットテープの表裏に貼られたシールには、曲名や番組名がぎっしり書いてある。A面からB面へ。これは父が大好きでよく聴いていた『The Beatles』。悔しいけれど、曲名を見ただけでメロディが浮かぶほど、私もThe Beatlesが大好きになっていたのだ。

カセットテープを袋に詰めながら、父を理解できなくて苦しくて〝嫌いだ〟と思い込もうとしていた自分に気がついてしまった。家のことはほとんどしない父だったが、喫茶店でバイトをしていた頃に覚えたというホットサンドだけは、時々作ってくれた。そのホットサンドが大好きだった。おしゃれなマグカップでコーヒーを飲む父や、陽気にギターを弾く父の姿が好きだった。二人で一緒に飲みに行って「描爺のように生きた爪痕を世の中に残すぞー‼」と語り合い、二人で歩いた夜道が好きだった。

きっと父が大切にしていたカセットテープが、父の魅力を思い出させるために、私の目に飛び込んできたんだと思う。

追記

大好きな洋楽アーティストを紹介します。

The Beatles♡Miley Cyrus♡Rihanna♡Norah Jones♡Rita Ora♡BON JOVI♡Demi Lovato♡Avril Lavigne♡Noah Cyrus♡Hailee Steinfeld♡Taylor Swift♡Lady Gaga♡PINK♡KESHA♡Queen♡Selena Gomez♡Jonas Brothers♡Christina Aguilera♡Dua Lipa♡Grace VanderWaal♡U2♡Katy Perry♡Sia♡Gracie Abrams♡

心地いいリズムや、ズドンと響くダイナミックな低音、日本語にない音は、駆け出したくなる爽快感を誘います。歌詞は英語と日本語どちらも確認。表現の世界は空のように広い。

☀The Beatles♪ベストアルバム『THE BEATLES 1』
初めて聴いたThe BeatlesのＣＤアルバムです。アメリカ、イギリスで〝ナンバー1〟を記録した不滅の名曲二十七曲を網羅している。
小さい頃から父と一緒に聴いていたからか、全曲知っていて驚いた。私の洋楽好きの原点はきっと父だ。

答辞

高校三年生の時、卒業式で答辞を読む役をもらった。
魂を宿す文章を一ヶ月ほどかけて考え抜いた。担任の先生と母の助言を受け、全国の卒業生に、将来の卒業生に、伝えたい内容を追求した。何度も書き直し、思いを言葉にする難しさと楽しさを味わった。

今でも行き詰まった時にふと開いてみる。〝最近たるんでしまっているなあ。頑張ろう〟と私は私に奮い立たされる。

答辞

変われない弱さ、変わらない強さ、大きな愛。
私たちは今、この思いを胸に羽ばたいていきたい。

寒さが幾分和らぎ、チューリップの芽が顔を出しはじめるなど、新しい春の訪れを感じる、今日この佳き日に、私たち三七五名は卒業式を迎えることができました。誠にありがとうございます。ご多忙の中ご臨席賜りましたご来賓の皆様をはじめ、先生方、保護者の皆様のご厚意に深く感謝いたします。

私たちは三年間、半世紀の歴史のある〇〇高校という社会の中で多くのことを学びました。そしてこれからは学校社会の外に足を踏み出して歩んでいくことになります。

その社会には、東日本大震災や福島の原子力発電所事故という、未だ解決していない問題や、近年ますます深刻の度合いを深めている地球温暖化等の自然環境問題に加え、餓死者も生み出すほどに広がった無縁社会の問題など、数え切れないほどの問題が山積しています。それでも、私たちは、これら社会の厳しい現状を自らの目で確かめ、「日本の若者は国際感覚や勇気が足りない」などという批判に屈することなく、自らの足で問題の核心に踏み込み、社会の状況を自分の感覚で掴んでいくように努力したい。

これからの私たちには、誰かに与えられた教科書はありません。私たちは何かに頼るのではなく、自分という人間を自ら形作っていかなくてはなりません。その過程で、今までにない不安や悩みの壁にぶつかった時、ある人は違う道を探し、ある人は乗り越えて進もうとするでしょう。それを判断する時、忘れてはならないのは、夏目漱石が『私の個人主義』の中で「自分で自分が道をつけつつ、進み得たという自覚」と語るように、自分の意志に基づいているか、また歩んでいく過程の中で困難に出会っても、楽しんで乗り越えようとする積極的な姿勢ではないでしょうか。そのためには、自分の考えを自らの言葉で伝える表現力や、責任をもって行動するための自己自立、そして人としての礼節が必要であることは疑い得ません。

それら全ての基礎を、私たちはここ〇〇高校の三年間で学んだのです。自分の目標を為しとげられず悩み苦しんだ、変われない弱さ。諦めずに自分を信じ立ち向かっていく、変わらない強さ。人に支えられていることの大きな愛を知り、花が太陽や水や土の力を借りて美しく咲くように私たちもまた、花として咲くための力をもらったのです。

先生方。弱気になり自分に負けそうになった私たちにくれた心強い言葉は一生忘れません。先生方はずっとずっと私たちの先生方です。これからも私たちという花の成長を見ていてください。

友人たち。みんなのことを思い出すことはありません。

なぜならこの先、決して忘れることはないのだから。いつも心の居場所を、楽しい時間を、たくさん、たくさん、ありがとう。

後輩の皆さん。先生方や友人との絆はもう二度とないかもしれない、かけがえのない宝物です。それを、大事に、大事に、〇〇高生という誇りを胸に堂々と歩んでください。

お父さん、お母さん。私たちは二人がいなかったらここに立つことはできません。生まれた時から今この瞬間まで、苦しい時も嬉しい時も見守ってきてくれました。そこにはいつも、大きな、大きな愛がありました。本当にありがとう。

三年間、生きた時を共にした私たちは、このメンバーだからこそ作り上げることのできた文化祭や体育祭をはじめとする学校行事や、進路を考えていく中で現れた壁に立ち向かい乗り越えた、という「誇り」があります。この誇りをこれから生きていくための力にして、多くの人からもらった温かい言葉を心に、またいつかどこかで皆の笑顔に会える日を楽しみに、全員で鵬となって強く羽ばたきます。

最後になりますが、全ての皆様に心から感謝し、〇〇高校の更なる発展と皆様の今後のご活躍をお祈りいたしまして、答辞とさせていただきます。

平成二十四年三月一日　　卒業生代表　詰草うら葉

追記

「友人たち。みんなのことを思い出すことはありません。なぜならこの先、決して忘れることはないのだから」の表現が気に入っていて、幹の結婚式でも言いました。私の卒業式で、在学生として見守っていてくれた幹は、覚えてくれていました。「印象的だったからね。姉ちゃんらしい良い表現だよね」「姉ちゃんと一緒に卒業したかったって、友達に言われたよ」って。感極まるとはこのことです。

☀BUMP OF CHICKEN♫『友達の唄』

「今私が泣いていてもあなたの記憶の中ではどうかあなたと同じ笑顔で」という歌詞は、あの頃を共に生きたかけがえのない青春を象っている。旧友たちよ。元気かな。

ビールと餃子

仕事終わりのビールが最高だと言える歳になり、何年経っただろう。

最初は、可愛らしいサワーやカクテルを飲んでいたと思うんですよ、多分。二十歳の誕生日からお酒を飲むようになって、一丁前にお酒の感想を手帳に書いていて、思わず笑ってしまいました。「梅酒サワー　薄い　梅酒ロック　美味い」飲兵衛の兆しバッチリである。

あおくんと、仲良くなったきっかけは飲み会。今でも飲兵衛同士、良いことがあったら乾杯、落ち込むことがあっても乾杯。作る料理に合わせてお酒を選んだり、お酒に合わせてメニューを考えたりすることも。

母方の祖父（以後「書爺《しょじい》」）が言っていた。「飲めなくても飲みニケーションが大事なんだ。腹割って話す時間、心を許して関わる時間を作るために飲むんだ」と。「いつか一緒に飲みたいね」と言っていた書爺は、私が高校生の時に逝ってしまった。でも約束は約束です。二十歳の誕生日を、書爺の仏壇の前で迎えようと、県外の寮から電車で帰省した。そして、私の生まれた時間の〇時十一分。書爺が見守る中、人生で初めてのお酒をいただいた。そのお酒は、書爺が生前飲みかけていた焼酎を使って、母方の祖母（以後「太陽婆《たいようばあ》」）が漬けた梅酒だ。幸せでありがたいことこの上ない。

お酒は、一歩間違えばアルコールハラスメントやアルコール依存症、飲酒運転等に結びついてしまう危険がある。飲みすぎによる健康被害のリスクがある。それらを肝に銘じ、節度を持って楽しむことを前提として、私は飲みニケーションを大切にしたいと思っている。お酒の味や居酒屋の雰囲気も大好きなんですけどね。こうして私は飲兵衛の仲間入りを果たしたわけだ。

「さて皆様の好きなつまみは何ですか？」私は餃子です。ビールと餃子。これがまた合うんですよ。

餃子好きの由来は年少期にある。誕生日には好きな料理を母が作ってくれた。幹は焼き鳥、もちこはピザ、私は餃子だった。大好きなチーズを入れてもらうのがポイント。味覚や嗅覚で誕生日会を覚えている。

お酒にしても餃子にしても、自分がなぜそれを好きか、なぜその考え方を持っているのかは、育った環境、関わった人たちの影響があると思う。なぜ好きなのかを考える時間を大切に生きたい。

すぐに答えが見つからなくても良い。自分が好きなものを知り、深める。何かの経験を経て、好きな理由に気づく瞬間がある。

〝書爺ちゃーん、空から見ている？　飲みニケーションを大切にしていたら、生涯のパートナー、あおくんに出会ったよ。飲みニケーションを教えてくれてありがとう！

書爺ちゃん乾杯！〟

追記

〝好きの理由〟を考えるようになったのも、書爺にリラックマを好きな理由を問われたことがきっかけになっている。

中学生の頃、リラックマが好きでグッズ集めを楽しんでいたら「なんでそんなに好きなのか」「理由が大事だ！」と言われ、リラックマの魅力を一生懸命、書爺に伝えた。「リラックマのひとりごとが、可愛いイラストと共にのっている本があって、好きになったの！　だからリラックマのグッズを持つことで元気が出るの！」と。書爺は大きく頷いて「そうか。分かった！　いいことだ！」と褒めてくれた。

書爺亡き後、書爺の本棚を見た時、私が教えたリラックマの本があったのだ。本の最後のページに、購入日を記入する書爺の習慣を知っていた私は、手に取って一番後ろの方を開いた。

「十九年十月七日　イオン　（詰草　うら葉　紹介）」

涙が溢れないわけがない。書爺ちゃんありがとう。

☀コンドウアキ『リラックマ生活～だらだらまいにちのススメ～』（主婦と生活社）

ほのぼのした、優しいリラックマのひとりごと集。例えば「何ごとも適温がいいですよね」と温泉に入っているリラックマ。「いやなコトをすべて湯に流すんです」とキイロイトリにシャワーをかけるリラックマ。

いつもそっと心を溶かしてくれる。

☀いとうあさこ『あぁ、だから一人はいやなんだ。（2、3も含む）』（幻冬舎文庫）

笑いが尽きないから幸せな気持ちで眠りにつけて、また飲みたくなる。あさこさんの、軽やかで優しくてキレのある表現が楽しい。ほっこりする。勇気が湧いてくるエッセイ。

☀あおくんのお母さん手作り「餃子」

ひだは二つで、優しく、美しく、包み込まれた餃子は、とても美味しい。あおくんのお父さん、お母さん、あおくんと私でテーブルを囲み、包む時間も嬉しい。

マラソン

フルマラソン初挑戦時、制限時間に間に合わずリタイアバスに乗った。準備が足りずエネルギー切れでした。後から先輩に聞いた。「前日の夕食はいつもの二倍の量。炭水化物を多めに食べて、エネルギーを蓄えておかないといけない。一番きつい27㎞地点で、エネルギー補給しないといけない」と。何も考えずに飛び込んだものです。交通規制があり、決まった時間に間に合わなかったら、用意されたバスに乗せられて会場まで戻される（正しくは乗せていただいて、会場まで送り届けていただく）わけですよ。辛い。もちろんバスの中はしーんとしてますとも。疲労と悔しさと悲しさの負のオーラ全開ですから。

悔しかったので、リベンジを誓いジムに通った。準備するものなどは、本で学んだ。その甲斐あって翌年には初めて完走。準備って大切だ。念願のフィニッシュタオルをかけてもらった瞬間の喜びは忘れられない。

走る時は、考え事をしたり、音楽を聴いて自分の人生を振り返ってみたり、未来に想いを馳せてみたりする。〝もう無理かもしれない〟と思った時は不思議なもので、沿道から「頑張れ！」「その調子！」と声援が聞こえてくる。糖分補給用に飴やチョコを配ってくれる人、模造紙や画用紙などに書いたメッセージを掲げて応援してくれる人も。本当にありがたい！　応援がなかったら心の折れる頻度が多すぎて、ゴールできてないと思う。

私がマラソンに再びチャレンジしたのは、完走した翌年。ちょうどその頃、父のことで悩んでいた私たち家族。〝私は家族のためにちゃんと行動できている？〟と自分に自信が持てずにいた。

だからこそ〝走ろう〟と決めた。走って自分を励ましたい。一緒に悩んでいる家族に元気を出してほしい。コーヒーを上手に淹れるとか、資格取得にチャレンジするとか、なんでもいいと思う。小さな成功体験を積み重ねて、自分を好きでいたいと思った。

そんな思いで臨んだ三回目のフルマラソン。何度も心が折れそうになったが、私は私に勝つことができた。ゴールした時の母ともちこの笑顔は、今でも私の心の支えだ。

追記①

ゴール間近で、段ボールに書かれたメッセージが目に入った。

「完走した後のビールは美味い！」

隣にいたランナーさんと目があって「そうですよね。喉越しいいだろうね」「頑張りましょうね」と声をかけ合った。
おかげさまで無事にゴールして、帰り着いて至福のその時を迎えようとしていたはずなのに！　まさかの寝落ち。完走の後のビールを逃すなんて……もったいない！
次にフルマラソンを走った時の目標は〝完走してビールを飲むこと〟である。うふふ。楽しみ。

追記②
初めての出産を経て、仕事復帰する前、体力と精神力を鍛えるために、冬のマラソンの10㎞に挑戦。応援に来てくれた、あおくんとこんくん、本当にありがとう。落ち込むことがあっても〝10㎞走れるから大丈夫〟と切り替えるお守りになっている。

☀鈴木莉紗『フルマラソンを最後まで歩かずに「完走」できる本　一番やさしい42・195㎞の教科書』（KANZEN）
靴やウェアを買う、エントリーする、当日の流れやアフターケアまで、寄り添ってくれる。自分の状態を確認した上で、トレーニングメニューに取り組める。

☀東京事変♫『閃光少女』
一瞬一瞬を全力で生きる、力強いメッセージに心打たれる。
自分で作ったプレイリストをシャッフル再生で聴きながら走っていると、折り返し地点とか、制限時間の通過点とか、ジャストタイミングで、テンションが上がる音楽が始まる不思議。

プロポーズ

あおくんと、付き合っていた頃から結婚を意識していた私。

私からグイグイと「いつ結婚するの？」と問い続け、結婚する方向に誘導しちゃいました。そして先に二人で入籍日を決めてしまったのだ。

入籍前に丁度いい感じに、私の誕生日があったので、ちょっとだけプロポーズを期待していた。私の好きな銘柄のビールがある居酒屋で、私の好きなチーズを使った料理のコースを予約してくれて、いつもみたいに楽しく飲んだ。お弁当箱や雑貨など素敵な誕生日プレゼントをもらった。同棲していたため、一緒に歩いた帰り道。〝やっぱりプロポーズはなかったか。何よりも、楽しい誕生日になったなあ〟と夜空を見上げていた。

家に帰ると、机の上に〝何やら可愛い封筒〟が置いてあった。それは、あおくんからの初めての手紙。普段から欲しいものは手紙と伝えても、はぐらかされていたのに！「読んでいい？」とワクワクの止まらない私。「どうぞー‼」と酔っ払ってハイテンションなあおくん。

内容はプロポーズだった。本当にプロポーズで合っているか何回も読んだ。涙ぐみながら「喜んで」と言い、あおくんを見ると、まさかのパジャマに着替えている最中だった。

何だか決まらなくて、そこが何ともあおくんと私らしい感じがして、大笑いしながら抱き合ったのを覚えている。

そのプロポーズの手紙と、初出産の日に書いてくれた手紙の二枚が、あおくんからもらった大切な手紙で、実はいつも持ち歩いている。頻繁に読み返すわけじゃないけれど、持っているだけで力が湧く。時々は開いてニヤニヤしている。

追記

感情の起伏が激しくて、マイナス思考が強い私。今までは好きになれなかった。

そんな私の喜怒哀楽は、ジェットコースターのようで面白いと、あおくんは言ってくれた。嬉しいことも、悲しいことも、一緒に分かち合いたいと。

今、私が私を信じてここまで来れたのは、あおくんがいてくれたからです。

☀ほしばゆみこ文、フクイ＊ユキ絵『あなたがわたしにくれてるもの』（Discover）

☀堀川波『わたしはあなたのこんなところが好き。』（ポプラ社）

時が経つと見落としてしまいがちな〝一緒にいる幸せ〟を、細やかな感情を表現した言葉と、可愛い絵で伝えてくれます。

☀益田ミリ『泣き虫チエ子さん 愛情編』（集英社文庫）

仲良し夫婦のチエ子さんとサクちゃんの日常には、季節や美味しいものを慈しむ心と、生活を楽しくする工夫と、思いやりの愛がある。クスッとしたり、ウルっときたり。

☀パトリック・マクドネル作、谷川俊太郎訳『おくりものはナンニモナイ』（あすなろ書房）

ムーチはアールに贈り物をしたかった。でもアールはなんでも持っている。いつもみんな何かしているのに、口を揃えていうのは「ナンニモナイ！」。ムーチは考えて、アールと自分以外は何もなくてもいいことを、贈ることにした。箱の中身は「ナンニモナイ」（空の箱）。

手紙やプレゼントも、とびきりの贈り物だけど、二人が二人でいることこそが、最強の贈り物だ。黒と赤がメインのシンプルな絵が、言葉の深みを引き出している。谷川俊太郎さんの訳は、いつでも自然で美しい。

マタニティペイント

待望の第一子妊娠中、つわりが酷くて、二ヶ月ほど休職した。水分も取れず点滴に通いながら、床に伏してひたすら耐えていた。私は自分のキャパを誤算して、無理をしてしまいがちだから「ママ！　僕に集中して」「ここだよ」と、こんくんが教えてくれたのだと思う。なんて賢いの！

つわりが落ち着くと、イベントの計画を本格的に始めた。マタニティフォトや安産祈願、産後はマンスリーフォトやお宮参り、お食い初めなど、大忙しだ。

一番惹かれたのは、大きく膨らんだお腹に絵を描く〝マタニティペイント〟だ。もちこにイメージを伝え、力を貸してほしいと相談した。もちこは、デザインを考えて絵の具で描く大役を快く引き受けてくれた。

妊娠三十四週の時に実現。赤ちゃんを優しく囲む花たち。花言葉を調べて、色合いのバランスも考慮してデザインされた絵の可愛いこと！　あおくん、母、そしてもちこと写真をたくさん撮った。つわりの辛さを、吹き飛ばしてくれた。

心を込めてデザインして、愛を込めて描いてくれた絵は、生涯の宝物。もちこ、本当にありがとう！

追記

〝やらなくちゃ〟とプレッシャーを感じてしまうイベントもありました。ＳＮＳで目について〝いいなあ〟と思うもの全てを実践しようとしたら、パンクしてしまいます。日本のしきたりは大切に。情報収集は程良く、楽しめるかどうかを実践の基準にしていこう。

☀もちこの描いた絵

マタニティペイントをはじめ、ＳＮＳのアイコン、結婚式のアイテムなど、もちこの様々な作品が、私の人生と共に在る。

こんくんが一歳になるまで、毎月描いてくれたマンスリーカード。月の花、旬の野菜や果物、それらをモチーフに繰り広げられた可愛い子たちの絵が、見守ってくれている。

もちこの描いた絵をノートに貼ったり、スマホケースに入れたり。もちこの描いた、体の曲がったサボテンちゃんが言います。

「気持ちはまっすぐですよ」って。

☀リングピロー（もちこデザイン、母刺繍の手作り）
花で囲まれた二人の指にリボンがついていて、そこにリングを通します。こちらは、こんくんのファーストピローになりました。広がる幸せをありがとう。

☀杏『杏のふむふむ』（ちくま文庫）
もちこの影響で大好きになった杏さん。可愛い緻密なイラストと共に、様々な思いが綴られたエッセイです。杏さんの抜群の文章力や、全ての表現力に力をもらいます。

ミルクちゃんとラテくんの結婚式

親友のミルクちゃんとラテくんの結婚式で、友人代表スピーチを任せてもらった。
ミルクラテ夫妻、私を選んでくれてありがとう！　伝えたいことがたくさんあるだけではない。二人の存在が、私に教えてくれたことは、愛だと思う。

あれは六年前の八月のことでした。
ミルクちゃんと私は二人で、美しい海を見ながらおしゃべりをしていて、
その流れで、私の友人でもあり、ミルクちゃんとも面識のあったラテくんを誘ったら、
「今から行く」と即答で、すぐに来てくれました。
三人でおしゃべりをして、楽しく過ごしたあの日から、間もなく、
二人から付き合うことになったと、嬉しい報告をもらったのです。

あの日に立ち会えたこと。
これまでの二人に　家族ぐるみで関われたこと。
そして何より、今ここにいることに、

心から感激しています。
この喜びは、言葉では表現できません。

ミルクちゃんとは、高校生の時、同じクラスで出会いましたね。
あの頃、白黒灰色の洋服しか着なかった、自分に自信がなくて、視野の狭かった私に、ミルクちゃんは、おしゃれやメイクなど、女の子でいる喜びや楽しさを教えてくれました。
他にも、花を飾ること、好きな本を読むこと、美味しいものを食べることなど、ミルクちゃんが〝幸せを感じる心〟を教えてくれたことで、
今の私の世界は色付き、カラフルな洋服も大好きになりました。

ミルクちゃんと出会って十二年。その間、私が、
失恋した時、人間関係で悩んだ時、仕事がうまくいかなかった時、
どんな時も、心に寄り添い、いつも支えてくれました。
離れている時も、手紙をくれて、
それが、なぜか、いつも落ち込んでいる日に届くもので、

その手紙に散りばめられた、ミルクちゃんの、優しくて、温かい言葉たちに、何度救われたことか。
楽しい時も一緒でしたが、
苦しい時に、一緒に涙を流して、抱きしめてくれたのは、いつもミルクちゃんでした。
ミルクちゃんは私にとって、人生を大きく変え、支えてくれた、かけがえのない存在です。

ラテくんとは、高校の生徒会を通じて出会いましたね。
誰よりも誠実で、丁寧で、情熱的だったラテくん。
私のつまらない愚痴から悩みまで、いつも真剣に聞いてくれました。
一緒に帰りながら、今後の生徒会をどう盛り上げていくか、
熱く語り合ったことを、今でも覚えています。
生徒会活動で深まった絆は強く、卒業後も仲間たちと、よくご飯に行く仲でしたね。
そんなラテくんは、なんでも相談できて、一番信頼できる友人であり、
私の中では、実は、一番のライバルでもありました。
生徒会役員決めで、私たちは、二人とも、生徒会長に立候補しましたね。

情熱的なラテくんのスピーチに、私は完敗でした。
生徒会長の座は、奪われてしまいましたが、
一緒に活動していく中で、少数派の意見をすくい上げるための努力を惜しまず、
皆が納得のいく結果に導いていく姿を見て、
ラテくんこそ、本物の生徒会長だと思いました。
そして、私の大切なミルクちゃんの心まで、あっさりと奪ってくれましたね。
悔しい!!

悔しいけど、ラテくんの隣で、笑っているミルクちゃんの笑顔が、
どんな時よりも、一番可愛いことを、私は知っています。
そして、今日のドレス姿のミルクちゃんは、今までで一番綺麗で、
一番、愛おしい笑顔を、見せてくれました。
ラテくんなら、ミルクちゃんの、その笑顔を、
ずっとずっと守ってくれるだろうなあと、私は確信しています。

ミルクちゃん。

これまで何度も、ミルクちゃんの笑顔に、助けられてきました。
その笑顔で、ラテくんを、ずっとずっと支え続けていくんだろうなあと、
これもまた、確信しています。

「愛は　形がなくて目には見えませんが　確かに　ここにあるものです」
ラテくんのお父様、お母様、ご親族の皆様、
ミルクちゃんのお父様、お母様、ご親族の皆様、
二人をたくさんの愛で、育てて、これまで見守ってきてくださったからこそ、
二人がその愛を受け継ぎ、その愛に支えられた、私たちがここにいます。

これほど光栄で、幸せなことは、他にありません。
ここにいる全ての皆様に、心より感謝申し上げます。
本当にありがとうございます。

本日は、お日柄もよく、
たくさんの愛に包まれる中、

これからも、ラテくん、ミルクちゃん、
二人らしく、愛を深めて、歩んでいってください。
たった一度の、愛しい人生。
たったひとりの、愛おしい人のために。
本当におめでとう。

追記

いつも大きな愛で迎えてくれる、ミルクちゃんのご両親。優しくて活発な「いちごちゃん」（ミルクラテ夫妻の第一子で、こんくんと同級生）。穏やかで逞しい「木苺くん」（いちごちゃんの弟）。ミルクちゃん一家は私の心の居場所です。

共に年を重ねて迎えた老後、縁側でお茶しながら、この素晴らしい日々を語り合っている、幸せな姿が目に浮かぶ。ミルクちゃん。ラテくん。一緒に長生きしようね。

☀原田マハ『本日は、お日柄もよく』（徳間文庫）

スピーチを依頼してくれた時期に、ミルクちゃんが教えてくれた素晴らしい小説。伝えることの面白さ、楽しさを再確認した。

物語の中で、伝え方の極意を学び、スピーチに息が吹き込まれた。二人の存在の大きさが、スピーチに血を通わせた。

☀服部みれい『ストロベリー・ジュース・フォーエバー』（MARBLE BOOKS）
ミルクちゃんに教えてもらい、すぐに買いに行きました。背表紙だけ日焼けしていてピンクだったけど（私を待っていたサイン）表紙も、文中の文字も、絵も赤色。自分を大切に楽しく生きるためのヒント集です。話しかけられているような安心感があります。

☀映画『プラダを着た悪魔』『バーレスク』『幸せのレシピ』『マイ・インターン』
ミルクちゃんと一緒に観て、大好きになったサクセスラブストーリー。パワーの源です。

蒸気機関車

描爺が『画集蒸気機関車』を出版している。

若い頃の描爺の絵は、緻密さもありつつ、ダイナミックさが際立っていた。私が電車を好きな気持ちは、描爺が描いていたからかもしれない。

現在、蒸気機関車が消えつつある。一番近くで走っている蒸気機関車がもうすぐ引退すると知り、夏の家族旅行で乗りに行くことになった。

当時、こんくんは一歳。車窓から景色を眺めたり、車内を歩いたり、ご飯を食べたり、穏やかに過ごすことができた。大人たちはビールを飲んだり、写真を撮ったり、乗車記念のスタンプを押したりと、それぞれ楽しんだ。

シューッと煙の音がして、本当にガタンゴトンと鳴っていた。時速40㎞でゆっくり進む。そのゆっくりさが心を和ませる。なぜ人はスピードを追い求めてしまうのだろう。

寿命を迎えようとしている蒸気機関車とは思えないほど、車内は生き生きとしていた。味わい深くてノスタルジックな雰囲気は、きっとデザインだけではない。乗った人々の、蒸気機関車への愛が詰まっているように感じた。この蒸気機関車の中で、いったいどれだけの人が、笑ったり泣いたりして、過ごしたのだろう。

その年のクリスマスに、あおくんの祖父母が、こんくんに、蒸気機関車のおもちゃをプレゼントしてくれた。他にも新幹線や車のおもちゃもいただいたのだが、蒸気機関車が一番気に入ったようだった。肌身離さず持ち歩いて遊び、握ったまま眠るほどだった。そして「ママ」「パパ」より先に「えしゅえる」「じょおききかんしゃ」と言えるようになっていたから驚きだ。

『画集蒸気機関車』や、蒸気機関車の写真集二冊（描爺の遺品）を本棚に置いている。こんくんはとても気に入ったようで、引っ張り出してきて「えしゅえる」と嬉しそうに言う。〝ああ、描爺が慈しんだものであり、あおくんと、こんくんと、私も大好きなものであり、一緒に乗ったということを、ちゃんと分かっているんだなあ〟と思った。「なんでも、うら葉とあおくん、二人が楽しむことだよ。二人が楽しむことが、こんくんも楽しくて、嬉しいんだよ」と母がいつも言っている意味が分かった気がした。〝子どもには、子ども用のもの〟という固定観念から離れ、時には子ども向け、大人向け関係なく、一緒の視点から楽しむことを忘れたくない。もう二度と乗れなくなってしまう蒸気機関車が、私たち家族を繋ぐ物語を生んでくれた奇跡を、ずっと語り継いでいきたい。

追記

蒸気機関車の中で、描爺が画集に残した言葉を、形見のボールペン（「お日様ごこちになるもの」で触れる）でＴｒｉｐ帳に書いてみた。横からこんくんが、ボールペンを奪い、同じページに絵を描いた。この一ページが最高の旅のお土産だ。
蒸気機関車の中に秘められたバイタリティーと迫力、リズミカルな流動感、そして旅の車窓に映るファンタジックな世界は、私の制作意欲を誘う。蒸気機関車が消えていこうとしている今こそ、その姿を描いておきたい。
この画集の中の機関車が、去りゆくものへの郷愁としてではなく、人間のつくりだした一つの完成された芸術品として見る人の心の中で走りつづけるならば、これほどすばらしいことはない。画家として、この上もなく恵まれた仕事といえよう。

☀保田義孝絵、丸山透詩『画集蒸気機関車』（偕成社）
今にも動き出しそうな躍動感ある画集。詩がついていて、絵本のように楽しく読める。開くと描爺のアトリエの香りが漂う。一ページ、一ページめくっては「じょうききかんしゃ、ねー」とこんくんは、嬉しそうに笑う。

☀D51形498号機　蒸気機関車　縮尺：1／45 軌間：24㎜（日車夢工房）
書爺の遺品、国鉄D51形スーパーディスプレイモデルを、母が大切に持っていた。

蒸気機関車が大好きな、私たち家族に譲ってくれた。「格好いいね」と目を輝かせるこんくん。

書爺も好きだったのか。蒸気機関車は、時を超えて、人を魅了する力がある。

山手線三景

描爺は百景の山手線を描いた。

東京で半日過ごす機会があり、私は山手線の駅を巡ることにした。描爺の本の情報を頼りに三箇所は回れそうだ。

宿泊した日本橋のホテルから、シャトルバスで東京駅まで行く。八重洲口で降りた後、レンガの美しい東京駅を撮影しに丸の内口まで歩く。描爺の絵と同じように見える場所を探して、撮影を楽しんだ。女性の立像が見つからなくて、近くを歩き回ったが、結局出会えなかった。これも旅の醍醐味。あおくんが「旅行は心残りがあった方がいい。また来る理由になる」と言っているのを思い出したのだ。

次に新橋駅に移動する。そこにはＳＬ広場があるとのこと。十一時過ぎに着いたが、十二時に汽笛が鳴るようだ。カフェで、Ｔｒｉｐ帳を書きながら、待つことにした。

〝ポーーッ〟という汽笛を無事聴いたら、最後に浜松町駅へ。到着してすぐ乗客たちはモノレール乗り場へ進んで行くが、私だけ真逆に歩く。小便小僧を拝むためだ。本を読んでその存在を知ることができなかったら、一生観なかったかもしれない。

描爺が描いた頃の景色は、三箇所とも少し変わったようだった。この発見もまた良い。〝また訪れた時も変わるかもしれない〟と思いながら、私は山手線を後にした。

その日、羽田空港へ向かうモノレールの中で、誰よりも怪しい笑顔をしていた人がいたら、きっとそれは私だ。

追記

描爺は〝絵がいかに楽しいか。面白いか〟をたくさん語っていたが、作品について教えてくれたことは、ほとんどない。思い立ったらネットで描爺の名前を検索。そうして描爺の作品を集めることが、私の新たな楽しみになっている。

☀保田義孝画、松本剛ほか文『山手線一〇〇年記念出版　山手線百景』（新人物往来社）

描爺の、優しく、強く、落ち着くスケッチが集まった、最高の一冊。駅の開業日や紹介文、駅長が語る歴史や魅力が収録されている。昭和六十年秋、描爺は「沿線を幾度となく歩いて気づいたことは、東京の大都会の中で、そこには最も日常的で気取りのない生活感に満ちた、風景の存在を知ったことである。」と綴っている。

☀保田義孝画『昭和60年国鉄山手線物語　よみがえる青春の日々』（新人物文庫）

山手線百景刊行から二十五年。七十五枚の祖父の絵と、二十五年後の写真を新たに収録した本。この本をお供に、山手線三景を巡った。

思い出のビー玉

小さい頃から、キラキラと光るものが好きだった。雨上がりの雫が光る木々、反射するアスファルト、夜の街の灯り、ビーズ、ラメ入りのボールペン、おはじき、そしてビー玉。母が、何気なく空き瓶に入れていた、ビー玉たちを見た時、心に在る〝思い出〟のようだと思った。

思い出は、私を作る。人生を支える。その思い出に大小はない。忘れる才能を持ち合わせた人間だが、記憶の奥底には、しっかり思い出が刻まれていると思う。良いも悪いもない。古い思い出はセピア色で、新しい思い出はカラフル。辛い悲しい思い出はゆっくり消えていくようだが、固まって消えない思い出には、自分で色をつけよう（折り合いをつけるイメージで）。

悲しいブルーは母なる海の色だし、怒ったレッドは灼熱の太陽の色かもしれない。白と思い込んでいただけで、黒かもしれない。目を塞ぎたくても無視はしないで。辛い思い出も私を作る大切な経験の一つ。透明と決めてもいい。

そうやって大切な思い出たちで、私を彩って生きたい。

追記

周りの人たちの人生が、私だけの経験が、お日様ごこちになる〝思い出〟になっている。経験から特別な存在となる〝もの〟について、次章で考えてみたい。

☀伊藤一彦編著『「老いて歌おう」選歌集　百歳がうたう　百歳をうたう』（宮崎文庫ふみくら）

「心豊かに歌う全国ふれあい短歌大会」より約四万首ある中から、百歳以上四十九名、九十歳代四十七名の歌が伊藤さんのコメント付きで紹介されている。老いとは何か、愛とは何か、三十一文字で表現される感性の迫力と美しさがあります。思い出がその人を作ることの奥深さを感じる。

☀行正り香『やさしさグルグル』（文春文庫）

ミルクちゃんが教えてくれた本。著者の経験や、思い出から綴られた、愛溢れる優しい物語たちは、心を解してくれます。〝優しさがグルグルまわってる〟と、気づかせてくれたのは、娘さんだそうです。子どもの感性は研ぎ澄まされている。耳を澄まして触れていいたい。

お日様ごこちになるもの

本

人生山あり谷あり。悩みに直面したり、苦しみから抜け出せずにいたり、皆それぞれ色々な時期がある。そんな時に、見方を変え、活力を与え、心を豊かにするのは、愛する人々と話をすることの次に、本を読むということだと、私は思う。

「本は未知の経験を体感できるから、たくさん読んだ方がいい」と学生の頃に先生に言われた言葉が、今でも心に響き続けている。

今は亡き書爺は、新聞に掲載された本の情報をもとに、書店に足を運び、購入した本にその新聞記事の切り抜きを挟み、どこの書店でいつ買ったのかを、必ず書き込んでいた。常に向上心を持ち〝勉強〟を楽しんでいた。書爺の家のダイニングテーブルに向かい合って座り、書爺は焼酎、私は水を飲みながら、語り合った夜は数知れず。一人の人間として私と対等に接し、メモを取りながら私の話を真剣に聞いてくれた。そんな書爺の話は、いつも幅広くて面白かった。

私も書爺のように色々な本に触れ、考え、自分の軸を作っていきたい。ときめいて家に迎えた本たちは、いつも私に元気をくれる。内容はもちろんだが、本そのものにエネルギーが溢れていると感じる。作者の思い、文体、書体や装丁、デザイン。本作りには多くの人が関わっている。
本の最大の魅力は、また必ず出会えること。読んで考えること。自分なりに解釈して生活に取り込むこと。そこに正解や間違いはない。初読した時と違う捉え方や、新しい自分を発見することもある。
これからも多くの本に触れることができると思うと、楽しみで仕方がない。

追記

気持ちが沈んだ時は書店に足を運びます。本と目が合い、必ずヒントに出会います。この現象を、旅先で見つけた雑誌で「ビブリオマンシー」と呼ぶことを知りました。書物のページを無作為に開き、そこに書かれている単語や文章から、悩みの答えや行動のヒントをもらう占いとのことだそうです。現象に名前があって嬉しくなる、これも〝お日様ごこち〟です。

☀よしもとばなな『小さな幸せ46こ』(中公文庫)
ストレートで潔い表現の中に、深い愛が詰まっています。幸せを感じるゆとりを持つこと。ゆとりを自分自身で埋めてしまっていると、気づかされます。いつもバッグの中に入れて、ちょっとした時間に読み返すことが、私の〝小さな幸せ〟です。

☀松浦弥太郎『しごとのきほん くらしのきほん100』（マガジンハウス）

忙しい日々の中で、忘れがちな、持っておきたい心を守るマイルール。「きほん」という形で、仕事と暮らしの側面から綴られています。何度も読むことで、今の自分に必要なことに目を向けることができます。

☀ヨシタケシンスケ『ちょっぴりながもち するそうです』（白泉社）

群を抜いた発想力と着眼点で、心の持ちようが軽やかになるおまじないを伝授してくれます。密かに全てのおまじないを試そうと思っています。

ボールペン

アトリエで生き、アトリエで最期を迎えた画家の描爺は、永遠の憧れの存在だ。〝今〟を大切に生きた描爺の表現した、絵画や思いを綴る言葉たちに、私は支えられている。また、心地いい価値観へと導いてくれているような感覚がある。

描爺のイニシャルが刻まれた、形見のボールペンを手に持つ。文字を綴ったり、らくがきをしたりしながら、ふと思った。〝替え芯を買わなきゃ〟私の命が尽きるまでずっと使っていたいから。ストックすべきもの第一位はボールペンの替え芯である。ペンはもちろんだが、替え芯こそ必需品なのだ。だって書きたい時に書くことが大事なのだから。

この形見のボールペンは、知らないメーカーだ。ボールペンの真ん中に記された、アルファベットを一文字一文字追い、ネットで検索して私はびっくり。〝これってもしかすると高級品？　待って落ち着いて。値段じゃないからね？　値段以上に描爺が使っていたこと、イニシャルが刻まれていることが何倍も価値あるから〟と自分に言い聞かせながら、商品ページを眺めていたら、チャット機能が発動した。

「お気軽にお問い合わせください」とメッセージをもらい「祖父の形見のボールペンの替え芯ありますか？」と尋ねた。すると「以前のタイプというケースも考えられますが、実際に見て芯の長さ等を調整できます。良かったら一度ブティックにお立ち寄りください」と。

「ぶぶぶ、ブティック⁉」使ったことのない言葉の響きにドキドキが止まらない。どうやら県外にしかないブティック。〝これは行かなくては〟ボールペンとの出会いが旅を提案してくれたのだ。これだから〝もの〟の力は凄い。言葉以外で、人と人を繋ぐ力がある。

描爺の形見のボールペンにより、新しい世界が広がった瞬間を私は忘れない。そしてこのボールペンとブティックのエピソードは、一生私を元気付けるに違いない。

追記

『続・ボールペン』

立ち並ぶビルや店の前の行列に、気後れしてしまいそうになる気持ちと、懐かしい気持ちが入り混じる。もうすぐ、銀座で行われる幹の展覧会の会場に着くと思うと、ワクワクが止まらない。こうやって何歳になっても、ワクワクしていたいと思いながら足取りはどんどん早くなる。最後の曲がり角が見えてきた。〝あれ？　曲がり角にあるお店のマーク、どこかで見たような。〟足取りを緩めてみる。

「ブティックだ！」

描爺の形見のボールペンに刻まれていたマークだ。ブティックが私を待っていたかのような、サプライズに胸が躍る。

展覧会の後、高級感漂う店内へ入っていく。幹とあきちゃんが見守ってくれているから大丈夫！　深呼吸。

「あの、祖父の形見のボールペンの状態を見ていただきたいのですが……」と私。

「承知いたしました。お二階へご案内いたします。こちらへどうぞ」と背筋がシャンとした店員さん。

ボールペンの芯を出す部分が少し固くなっているが、まだ十分使えるとのこと。メンテナンスを希望する際の手順や、日頃の扱い方を教えてもらった。

ドキドキしながら店を後にした。描爺のボールペンが繋いでくれた一つの物語が生まれた瞬間だった。

☀描爺のイニシャル入りボールペン

黒一色限りで、ペン先と真ん中とクリップ部分がゴールドのデザイン。滑らかな書き心地は、手から脳へテンポ良く伝わり、書く楽しさを刻み込んでくれます。

☀ＹＵＩ♫『Your Heaven』

憧れの人が大切にしていた場所、生きた場所を初めて訪れたのに、懐かしさを感じることができる。愛を受け取るように、故人を心地良く想う歌詞。

描爺が感じていたことを、優しくなぞるように考えてみたい。なぞりすぎてしまわぬよう気をつけて。

☀武鹿悦子作、中村悦子絵『ありがとうフクロウじいさん』（教育画劇）

柔らかくて優しい心温まる絵本。人見知りのモグラくんに、フクロウじいさんは「きれいな花はどうして見えるのか」と尋ねます。フクロウじいさん亡き後、モグラくんは「自分がここにいるから見える」ということに気がつきます。

ジュエリー

お別れは辛いけど、亡き祖父母たちは、いつもそっと寄り添ってくれる。

父から「描爺のアトリエの遺品整理の際に、十年前に亡くなった、父方の祖母（以後「月婆《つきばあ》」）のジュエリーが出てきたから、うら葉ともちこに、使ってほしい」と言われた。

今は、アクセサリーが主流な言い方のような気がするから、父がジュエリーと言い、なんだかほっこりした（辞書で違いを調べてみたら、「アクセサリー」は飾りとなる付属品・身に付ける装飾品。「ジュエリー」は宝石類・それらを加工した装身具、とのこと。もしかしたら、ジュエリーかもしれない）。

月婆は口癖が「死にたいなあ」「つまらんなあ」だったから、亡くなった時は悲しかったのに〝月婆にとっては良かったのかなあ〟なんて思ってしまった。

何だか不器用で、不機嫌に見えることが多かったが、口癖以外はとにかく素敵だった月婆。洋服はクリーニングに出して丁寧に管理し、いつもおしゃれで、華道の師範でセンスが良い。「食べなさい」と蓋つきの陶器の入れ物からチョコレートを出してくれたり、一緒に近所のパン屋さんまで散歩しながら草花を観たり。トーストとウィンナーと目玉焼きと茹でインゲンを、美しく盛り付けた朝食を作ってくれたり。楽しい思い出もちゃんとある。

そんな月婆のジュエリーは、どれも素敵で、私ともちことあまりにも好みが似ていた。驚きながらジュエリーを分けた楽しい時間は、ずっと忘れないだろうと思う。

保育園に通いだし、立て続けに病気に罹るこんくん。看病続きでちょっと参っていた九月のある日。きつそうで朝寝したこんくんの横で考える。モチベーションを上げる方法を。

〝そうだ。月婆のジュエリーを着けてみよう。そして大好きな書き物をしよう〟朝の虫の声、洗濯機が回る音、こんくんの寝息。書き物の前にコーヒーを淹れる。手にはキラキラの月婆のジュエリーと、なめらかな手触りの描爺のボールペン。孤独で静かだと思っていたけれど、この中にちゃんと〝たくさんの幸せ〟があるんだ。私はどんな時も一人じゃない。

今頃空からきっと二人で見てくれていると思う。

追記

幹の結婚式で、もちことお揃いのイヤリングを着けたいと思った。中学時代から青春を共にした「ゆずちゃん」が、運営するショップ「柚桃-yuzumomo-」にオーダー。和風で、当日のドレスにも合うデザインで、花びらとパールの美しい、イヤリング。もちこと色違いで作ってくれた。器用で、発想力が豊かで、芯の強いゆずちゃんは、優しく毎日を彩る、レジンアクセサリー作家だ。

他にも『トマトまん』のキーホルダーや、こんくんの名前入りキーホルダー、私が前撮りで着た、ピンクと水色のグラデーションのドレスをイメージしたイヤリングなど、いつもそばで私を彩る。力強いエネルギーで支えてくれてありがとう。

☀アクセサリー（もしかしたらジュエリー）
ゆずちゃんの手作りアクセサリー。親友たちとお揃いの、シンプルなゴールドリングやハートや目がモチーフのもの。もちことお揃いの、黄色い花が並ぶもの、スマイルちゃんが並ぶもの。月婆の形見四つ。好きなお店で集めたもの。親友のべなが誕生日にくれた、瑞々しい花のデザインとゴールドの二連のもの。涙のネックレス（「キャンドルナイト」で触れる）。結婚指輪。
気分に合わせて、どの指輪をどの指に着けるか組み合わせを楽しみます。右手の中指をよく選ぶ私。調べてみたら「行動力を発揮する」意味があるそうです。全ての指に意味があると知って以来、それを考慮して配色することもあります。

☀風間ゆみえ『Lady in Red』（FUSOSHA）
スタイリスト風間さんの思いを、88のトピックスで記録してある本。柔らかい美しさは、風間さんを教えてくれた親友のミルクちゃんに似ているからか、開くたびにホッとします。「女の人のそれが好き」のページには「ピアスをつけるときに少しだけ首を傾げるあの仕草。」とあり、その感性にうっとりします。

お揃いのティッシュ入れ

お揃いが好きなのは、ものに意味が生まれるからだと思う。それ自体を使っている時にも、相手を思うことでパワーをもらう。私がお揃いに執着していることを実感した、大学入試前の出来事があった。私は親友のべなに、応援の気持ちを込めて、ティッシュケースを作った。そうしたら、べなも、手作りのティッシュケースと手紙をくれたのだ。

忙しいのに、うちの入試の時もおしゃれなリボン付きのティッシュ入れと、手紙をくれました。とっても嬉しかった。こんなにいい友達はいないと思ったよ。うら葉は、うちにティッシュ入れを作ってくれたけど……うら葉自身のティッシュ入れは持っているのかな？と思いました。

そして、うら葉がくれたものと同じもので、頑張れっていう気持ちを伝えたいと思った。なんかうら葉好きじゃん？　交換みたいなの！　だからうちも交換のつもりで、ティッシュ入れ作りました。

花模様の可愛いティッシュ入れと「なんかうら葉好きじゃん？」のフレーズは宝物。べなは、いつだって、私を分かってくれているし、また分かろうとしてくれているのが伝わってくる。「うら葉はどう思っているの？」「辛いけど今乗り越えたら、この先良かったたって思える部分はない？」と私の考えを受け止めつつ、軌道修正もしてくれる。いつも私の心を豊かに耕してくれる。

べなに交換、つまりお揃いを肯定してもらって以来、あらゆる場面でお揃いを提案する私がいる。お付き合いいただいている皆様、ありがとうございます。

気がつけば、お揃いのものに囲まれた幸せな空間が出来上がった。お揃いのハンカチ、靴下、ハンドクリーム、アクセサリー、洋服、コースター。多岐にわたっている。どれも今の私を支えてくれている。

大前提として「ものがないと、繋がれない」わけではない。でも、もしかしたら、ものでも繋がっていないと不安な時期もあったかもしれないと思う。お揃いのものを持った人間同士でも、生き方は違うし、考え方は変わっていく。付き合い方も変わる可能性は十分ある。時に寂しい思いをするかもしれないけれど、心が通じていたことは事実で、誰にも奪えるものではない。

年老いた時、これらのお揃いのものが、楽しい思い出を見せてくれるような気がしている。

追記

冬の寒さ対策として、着る布団を使っているのですが、あおくんとサイズ違いでお揃いにしました。どっちが私の着る布団か、分からなくて、毎晩小さなサイズ表記の確認が要ります。

私へ、使う時のイメージを忘れずに。

☀べなのお母さん手作り「りんごジャム」

べなの親友である私のことも優しく見守ってくれている、べなのお母さんが作るジャム。具材大きめ、甘さ控えめでバランス良く、とっても美味しい。トーストの上にたっぷりのせる贅沢。いつもおすそ分けありがとうございます。

☀BUMP OF CHICKEN♪『宇宙飛行士への手紙』

心地いいメロディと巧みな比喩で、関わる人たちとの繋がりの大切さを表現している。「お揃いの記憶を集めよう」という歌詞から、言葉だけしか伝わらないけど、言葉だから伝わる、その尊さを感じる。

辞書

「外国語を学ぶのは、言葉の切り取り方の違いを知るため」と学生の頃に教わり感激した。例えば「木もれ日」は日本語独自の表現らしい。

英単語を理解するために、辞書の力をたくさん借りた。蛍光ペンで塗りまくり。どういう風に色分けしたか思い出せない。〝こんなに要る？〟というくらい大量の付箋がある、私だけの辞書。カラフルなページや手垢は、言葉の世界が広がる心地いい感覚を養ってくれた。

執筆にあたり、国語辞典を新調した。この言葉は私の伝えたい心のニュアンスと合っているのか。使い方は正しいのか。迷った時は〝辞書タイム〟（辞書を引くことをそう呼んでいる）だ。

例えば、話の最後に一言付け加えたい時に、私は「追伸」を使っていた。「付け加えて申す意」は合っているのだけれど「手紙の本文に書き加える」という点は違うことが発覚し、別案を考える。「コメント」が浮かび、調べると「問題や事件について意見や見解を述べること。解説」違う。「コラム」はどうだろう。「新聞や雑誌などで短い評論を載せる囲みの欄」やはり違う。出版社より「手紙より日記に近い印象」というアドバイスを受け「追記」に変更した。

プロローグでは「もしくは」という接続詞の他に、「あるいは」も浮かび、違いを調べた。二語とも「AかB」の意はあるが、「あるいは」は「AとB以外の場合もあり得る感じを伴う」とのこと。「もしくは」で大丈夫そうだ。

〝辞書タイム〟を通じて、自分が知っていると思っていた言葉の意味は、ぼんやりとしか分かっていなかったことに気がつく。もっと辞書を引いて、言葉の意味と深みに触れたいと思うようになった。

仏教哲学を教えていた曽祖父（書爺の父）が辞書を愛読していたとのこと。知らない言葉を調べる使い方しか心得ていなかった私。〝なるほど。その手があったか！〟

追記

好きがいっぱいある〝辞書タイム〟。

まず言葉の意味を想像する時間。次に意味を調べるために辞書をめくる動作。ちなみに辞書をペラペラとめくる時の独特の紙の匂いも好き。そして意味を知り新しい世界と出会い、想像と意味がくっつくあの感覚は癖になります。

☀北原保雄編『明鏡国語辞典　第三版』（大修館書店）
編者のことばに「新しい時代に力強く生きてゆくためには、ことばを適切に使う能力を身につけることが大切だ」「新しく『品格』欄を設け……語彙力増強に役立つことが期待される」「渾身の力を込めて改訂した」とあります。すっかりファンになりました。見やすく、手触りも最高です。
三十代で調べた言葉は淡いピンクの蛍光ペンを引くことにしました。四十代は何色にしようかな。

☀見坊豪紀、市川孝、飛田良文、山崎誠、飯間浩明、塩田雄大編『三省堂国語辞典第八版』（三省堂）
あおくんの祖母「じゅんさん」から、日本講演新聞をプレゼントしていただいています。視野が広がり、教養が培われます。いつも本当にありがとうございます。
日本講演新聞の編集長・水谷もりひとさんのエッセイに「辞書を引こう、二種類以上あると違いを楽しめる」とありました。

そこで紹介されていた、暮らしに息づく言葉たちをすくい取る、通称「三国《さんこく》」を、二冊目に迎えることにしました。言葉の量が多く、端的な説明で面白い辞書です。

音楽

夜の街の灯りが散りばめられるように、川が滲んでいく。橋を一人で渡りながら泣いていた。社会人になったばかりの私は、家族のことで悩んでいた。誰にだって悩みがあって、辛さは比べるものじゃないのに、周りが何も見えていなかった私は、家族の悩みがないように見える人に苛立っていた。

壊れないように強く見せようと派手な服装をして、アクセサリーをたくさん着けていた。何度も父に裏切られた気がして、信じることの苦しさに直面していた私。それなのに、苦しいと認めたくなかった。

音楽だけは私を分かってくれている気がした。バスがあるのに敢えて歩いた仕事帰り。イヤホンではなくヘッドフォン。スカートは膝上で、ストッキングに黒いハイヒール、ちょっと背伸びした上品な上着を羽織って〝少しも辛くありません〟というような趣きで歩いた。

爆音のヘッドフォンで聞こえないけど、多分ハイヒールのカツカツという音を、響かせて橋まで来た。橋を渡り始めた時に、流れ出した曲はBUMP OF CHICKENの『プレゼント』。「孤独を望んだ筈の　両耳が待つのは　この世で一番柔らかいノックの音」「大丈夫　君はまだ　君自身を　ちゃんと見てあげてないだけ」など歌詞の一文字一文字が、本当の私の気持ちを気づかせてくれた。

〝そうか私は助けてほしいのか。辛い気持ちに蓋をせずに認めよう。一歩ずつ進んでいこう〟あの時、涙で霞みながらも見た、夜になる前の紺色の空と、鮮やかな黄色のイペーの木のコントラスト。今でも、安心して涙を流したあの夜の色を、はっきりと覚えている。

音楽は偉大だ。人生の岐路に携わり、聴いた時の感情や情景をも記録してくれる。今でもこの曲を聴くと〝辛かったことも乗り越えてきたなぁ〟と自分と対話できる。あの時とは違う自分を知ることができるのだ。

追記

当時寄り添ってくれた親友たちへ。

強がって自分を見失っていた私を見捨てず、とことん付き合って話を聞いてくれて、ただただ寄り添って一緒に泣いてくれて、ありがとう。
未熟な私は一人で戦っていると勘違いしていた。あなたたちのおかげで、ようやく辛い時期も含めて、今の私がいるんだと思えるようになったよ。本当にありがとう。

☀BUMP OF CHICKEN♫『プレゼント』
「壁だけでいい所に　わざわざ扉作ったんだよ」という歌詞があります。扉に鍵をしめて、勝手に一人きりだと思っていたのは、自分だったのです。

☀BUMP OF CHICKEN♫『ガラスのブルース（28 years round）』
一瞬一瞬を大切にしている、猫の生き方に勇気をもらいます。

コースター

思い出を心の中に再生する。ものを通してあの時の気持ちを再現する。過去の自分を振り返り、今の自分と向き合いたい。

『暮らしの手帖』の元編集長・松浦弥太郎さんの本の中で、コレクションとセレクションの違いを知った。ものすごく腑に落ちたので、改めて私も辞書で調べてみた。

セレクション↓選ぶこと、選択、選抜、よりすぐり（のもの）

コレクション↓特定のものを趣味として集めること、またその集めたもの、収集（品）

以来私は自分のセンスとキャパも考慮しつつ、コレクションしたいものをセレクションするように心がけている。

コレクションのひとつにコースターがある。便利だけでなく、心が満たされるものとしてお迎えする。もちこが作ってくれた刺繍入りのコースター。親友たちとお揃いのコースター。旅先で購入し、その場で使った思い出もある蒸気機関車のコースター。

コーヒーを淹れる前に、コースターを選ぶ。気分やマグカップに合わせてみたり、どの思い出に触れたいか考えてみたり。選択を悩む幸せがある。

追記

最近のマイブームは、コースター二枚重ね。描爺の使っていた、シンプルな四角い木のコースターの上に、布タイプのコースターを合わせるスタイルだ。実家にも独身の時に買ったコースターを置いている。レンコンの断面を木材で表現したコースター三つ。今でも母ともちことお茶する時に大活躍だ。

☀グラスポットとホットサンドメーカー

短大時代に一番前の席で肩を並べて、全授業を一緒に受けた「ごっぺ」は、優しくて堅実で字が綺麗だ。仕草や表情、全てが可愛いのに、可愛いと認めてくれない。そこがまた愛しいのだけれど。寮生活をしていた私を、お花見と観光に連れ出してくれた、愛情いっぱいの、ごっぺのお母様とお姉様。三人で、パンとコーヒーが好きな私を思って選んでくれた、結婚祝いのプレゼント。グラスポットもコースターが合うのです。ごっぺのお母様、お姉様、そしてごっぺ、愛をありがとう！

☀岡尾美代子『Room talk』（2も含む）（筑摩書房）

手触り、装丁、優しい光で捉えられた写真、日記風に綴られた言葉たち。全てが美しく調和していて、開くだけで気持ちのいい深呼吸ができるフォトエッセイ。お茶しながらうっとり読みます。

使いかけのノートたち

また新しいノートを出す。正確に言うと、使いかけのノートなのだけれど。

自分と向き合う方法を模索する日々。例えば〝絵本マスターになるために、読んだ絵本の紹介を書こう〟と専用のノートを作るため、今使っている読書記録を一旦中断し、別のノートを探す。そういった具合を繰り返していたら、使いかけのノートがたくさん！（当たり前だよ！）

〝色んなノートたちを一冊にまとめるぞ！　ルーズリーフにまとめよう〟と意気込み、ジャンルごとに、カルテインデックスを使って、整理する方法に挑戦。

〝ノート以外で可愛い箱（ここも重要）に集めている、メモやタグやチラシなども、これを機に切り貼りして、まとめられるのでは？〟

〝いやいや、それはやっぱりスクラップブック（新聞記事を貼るクラフト素材のノート）でしょ〟

〝言葉や絵のらくがきはどこにする？　それらは、らくがき専用ノートを作りたいよね。あれ？　全然一冊にまとまらない……〟

考えもまとまらないので、とりあえず、できるだけ新調せずに工夫することにした。〝とりあえず〟や〝いずれ〟は何だかいけないことのような気がして、今までは物事が確立しないことにイライラしていた。

〝経験を無駄にしてはいけない！　未来のことを考えないと困るのは自分だ！　未来のために行動して〟と先ばかりを見つめて、今を飛び抜かしていたのだ。

確立するまでの過程や、今をもっと楽しむことに焦点を当てれば、たくさんある使いかけのノートも、一生懸命考えて生きている証だと思えてきた。

生きていたら日々変化する。変化を問題だと捉えることはないんだ。確立することがゴールではなく、確立するかもしれないし、しないかもしれないという過程を、思いっきり楽しもうと思う。

追記

描爺の遺品整理をしていたら〝もしや同じ現象が起きていたのでは？〟と疑わざるを得ないくらい、使いかけのノートが次から次へと出てきました。

私もよく使う方法で、ノートの表からと裏からで用途が違うノートを発見。一ページだけ使っているノート。もちろん使い終っているノートも。うふふ。

描爺も色々考えながら、気持ちを整理整頓しながら、生きていたのかもしれない（勝手に見てごめんね。格好いいこと書いてあるから、何冊かいただいていくよ）。

☀無印良品の「文庫本ノート」
☀KOKUYOの「Campusノート」

机いっぱいを埋め尽くす大きいノートも大好き。膝の上に乗せて、柔らかく綴る時に、安定する小さいノートも大好き。言葉たちのらくがきは、気分や状況によってキャンバスを選びます。

エッセイのアイデアを書き留めた数冊のノートには、試行錯誤の足跡が残っている。

☀中村柾子文、西巻茅子文と絵『えかきうたのほん』（福音館書店）

一つ一つの輪郭を、美しい感性と壮大な表現力で繋いでいます。広げた横で、一緒に楽しく描ける、楽しい絵本です。

おもちゃ

学生の頃、カバンに、ぬいぐるみのキーホルダーを付けることが流行っていた。私が選んだお猿さんのキーホルダーを見て、親友のべなは「なんかその子さ。もちこちゃんに似ているよね。うら葉が選ぶものっていつもそう」と言った。私が溺愛している、もちこ。自分の気持ちは、ものに反映されていると気づかされた。

大好きな絵本作家の角野栄子さんがドキュメンタリー番組で「ものには物語がある」と言っていて共感した。楽しい思い出が、刻まれているものは簡単には捨てられない。おもちゃはその一つだ。

こんくんが生まれた時に「良かったらこんくんに遊んでほしい」と母が持ってきてくれたのは、見覚えのある木のおもちゃ。私と幹ともちこが、小さい時に遊んだおもちゃを、母は大切に持っていてくれた。音の鳴るおもちゃ、ラッパ、電車、ままごとセット。どれも懐かしくて愛おしい。あおくんの祖父母は、あおくんたち（弟二人の三人兄弟）が遊んでいたという、電車やレールのおもちゃを、大切に持っていてくれた。〝今走っていない電車〟がある点も、さらに特別感がある。

子どもや孫が大切で、その子たちが使っていたものは宝物だという思いが伝わってくる。このおもちゃたちには、思い出と、育まれた家族の愛が宿っている。宿った愛は伝わるもの。こんくんは、このおもちゃたちを大好きになったようで、毎日一生懸命、夢中で遊んでいる。

追記

あおくんが、電車の名前をしっかり覚えていて驚いた。カシオペア、北斗星、0系、300系、つばめ（現在きりしま）、ゆふいんの森、レールスター、E2系、あさかぜ、など。いつの間にか、こんくんも、私より詳しくなっている。

☀型はめ積み木

ママ友の「バッハちゃん」のお父様手作りで、プレゼントしていただいたもの。ハート、四角、丸、三角、綺麗に削られていて愛がこもっています。こんくんは、手触りと中に入る音が大好きな様子。

☀ヴァレンタイン・デイヴィス著、片岡しのぶ訳『34丁目の奇跡』（あすなろ書房）
母から教えてもらったクリスマスの名作。映画もあります。親になり改めて読みたい本。サンタクロースは本当にいるの？　その答えはあなたの心の中にあります。

ものと向き合うこと

「形に残すことだけが守るということなのかな？」「心に残すことや、描爺が大切にしていた制作時間を持つことも守ることになるんじゃないかな」幹の言葉が響き渡った。私は今まで、ものがなくなることへの恐怖心や辛さに囚われていた。家を手放した経験と、描爺のアトリエとの別れ（「お日様ごこちになる場所」で触れる）。この二つの経験と、幹の言葉が私に教えてくれた。

「形あるものとはいつか別れなければならないが、ものの物語はずっと心に生き続ける」ということを。

何が起こるか分からない人生。自分の持つ管理能力を知り、少しずつ断捨離という生活志向で、整理整頓をすることにした。

思い出が強く残っているものは、どうリユースするか、どう残すか工夫を施す。写真に撮る、絵に描いてからお別れする選択肢も設けた（写真やノートの整理が必要だが、その時のベストを考えることで、次の段階に繋がると思う）。
過去の物語と向き合わせてくれるものと対話することで、心も整う感覚がある。ものが多いので、時間と体力と根気がいる作業だけど〝一つずつ丁寧に〟をモットーに、楽しくセレクトして生きていきたい。

追記①
高校の頃、先生に「同じような試練は繰り返して起きる」「その試練は、乗り越えていかなくてはならない自分の課題だよ」と言われたことがある。私にとって〝ものと向き合うこと〟は試練だと思う。試練から目を背けずに、どう血肉にしていくか模索したい。自分で自分の口に入れて、味わって咀嚼して、ゆっくり消化していこう。

追記②
なんでもかんでも捨てればいい、というのは悲しい。ものを介して思い出されることは人生の支えで、その人を作るかけがえのない要素だと思う。
私を作り、お日様ごこちになる〝思い出〟と〝もの〟が存在するのは〝場所〟があるからではないか。次章で考えてみたい。

☀末吉里花『はじめてのエシカル　人、自然、未来にやさしい暮らしかた』（山川出版社）

☀末吉里花文、中川学絵『じゅんびはいいかい？　名もなきこざるとエシカルな冒険』（山川出版社）

この二冊は、今使っているものはどこから来たのかに立ち返り、人や環境に配慮されているか、消費者の一人として、買い物やものの使い方を見直すきっかけをくれる。

断捨離や買い物のバランスに漠然と悩んでいる時に、立ち寄ったリサイクルショップで、エシカルを学んだ店員さんとこの二冊に出会った。全ては行動から始まる。

☀奥村奈津美『子どもの命と未来を守る！　「防災」新常識～パパ、ママができる‼水害・地震への備え～』（辰巳出版）

家の中の片付けは防災対策にも繋がります。すぐ実践できる役立つ情報満載！

持ち出し用の防災リュックや、ローリングストックは定期的に見直しを行っています。みんなで生き抜こう！

お日様ごこちになる場所

道草

道が付く言葉が好きだ。散歩道、寄り道、そして道草。

車を持っていなかった頃は、あおくんと二人で、しりとりしながら買い物に行った。小さなソファが欲しくて、買った時は、二人で抱きかかえて歩いて帰ったっけ。

こんくんが、歩くようになり、散歩の機会が戻ってきた。公園に行く。電車を見に行く。近所のパン屋さんにランチに行く。石を拾う。消火栓の蓋の絵に「きゅうきゅうしゃ」と立ち止まる（惜しい！）。草花を見つけて、自分の小さい頃を思い出す。道草するこの感じ。

ボンド草、ペンペン草、くっつき虫、などと呼んでいた草花を見つけては立ち止まる。何科でどの季節の草花なのかは知らないまま、時が経ってしまったが、こんくんには、できるだけ多くの花の名前を教えてあげたいと思うようになった。

こうして家族三人で道草した場所は、特別な場所になるのだと思う。風景が変わるかもしれない。その道自体なくなってしまうかもしれない。それでも、道草時間の思い出はずっと消えない。これが、自分が選んだ場所で、生きていくということなのかもしれない。

追記①

「花の名前は知らないけれど、綺麗だから」と庭先の花を摘んで花瓶に挿す、あおくんの祖母「ふみちゃん」がとても素敵です。なんでも知りたいという好奇心も必要だけど、いつでも楽しめる心も持ち合わせたい。

追記②

草花図鑑で最初に調べたのは、クローバー。和名は詰草で、色は白だけでなく赤もあると知る。

白詰草：江戸時代にオランダから届いたガラス製品などの包装に、乾燥させた草が詰められていたことが語源。明治に牧草として入ったものが野生化したもの。

赤詰草：白詰草とよく似ているが、全体に大型で、地を這う茎はなく、枝分かれしながら立ち上がった茎は、大きな株をつくる。花のすぐ下に葉がつく。

幸せを呼ぶ四つ葉のクローバーを、探し集めては押し葉にした。クローバーの花で、かんむりをたくさん作った。ハート型が、寄り添っているような葉や、ふわふわした天使みたいな花が可愛い。語源から、幸せや愛が詰まっていると私は連想した。これらが、エッセイネーム〝詰草〟の由来。

名前の〝うら葉〟は、葉の裏のような薄緑色を示す、「裏葉色（うらはいろ）」から。

☀亀田龍吉『見つける！遊べる！身近な296種　散歩しながら子どもに教えてあげられる草花図鑑』（主婦の友社）

立ち寄ったコンビニで発見。アンテナを張っていると、運命的な出会いがあります。ポケットサイズで持ち運びやすい。ズーム写真と全体写真、大きい見出し、観察ワンポイントなど盛りだくさんです。親子でたくさん触れ合いたい。

☀砂利道の砂を詰めたプラスチックのお菓子の入れ物　（平成17年1／22（土）と書いてある）

小学生まで過ごした関東で、よく遊んだ砂利道。引っ越した後、埋め立てられたらしいのです。〝そういえばタイムカプセル埋めたなあ。なんて書いたのだろう〟と時々考えています。

夜な夜なローテーブル

「ちょっと飲もうか」と、あおくんとこんくんと、夜な夜なプチ飲みの準備を始める。まずはグラスとコースターを決めよう。三人お揃いの蒸気機関車のコースターを探すけれど、一つ見当たらない。一歳八ヶ月のこんくんに、どこにあるか尋ねると、ちゃんと理解して見つけて持ってきてくれた。偉い！

乾杯の前に、ノートを広げる。なんでもない話をする日もあるが、方向性を決めたい時は、記録することにした。自分の思いを再確認できるし、二人の考え方の違いを理解しやすくなるからだ。

なんでも正解を求めていて、できるだけ物事を早く決めたい私。自分の中で考えて、一方的に伝えて承諾を得たと思っている節があると、反省している（遅い！ でも気がつけて良かった！）。堅苦しい話し合いは疲れるが、お酒とおつまみがあれば、楽しく話せる。

寝ないといけない時間に、こんくんにも楽しそうな雰囲気は伝染する。今しかない夜な夜な時間。体には良くない時間に、三人で何かを食べて過ごす機会は、これからどんどん減っていくと思うし、いつかは今使っている四角い小さなローテーブルでは、間に合わなくなってしまうかもしれない。

「なるほど。あおくんは、そう思ったのね」とノートに書いていると、横から「でんしゃあああ」「さんかきゅ」「しかきゅ」と書いてほしいものを言う、こんくん。絶妙なタイミングで「うんうん」と言ったり、大笑いしたり。その様子に感激して「すごいね」「聞いているのね。偉いね」と伝える私たちのローテーブルには、きっと温かい愛が溢れている。

追記

「夜な夜な」を辞書で調べてみたら「夜が来るたびに起こるさま」でした。毎晩このように過ごしてはいけませんよね。夜の時間を満喫する、という解釈をしていたので、また勉強になりました。ここでは〝夜のローテーブル〟よりも〝夜な夜なローテーブル〟が気に入っているので、あしからず。

「夜な夜な」を調べたことで、素敵な言葉に出会いました。「朝な朝な」（毎朝）と「朝な夕な」（朝晩・朝となく夜となく）です。朝な朝な言葉を紡ぐことができるように、朝な夕な言葉に触れていたいと思います。

☀益田ミリ『今日の人生』（ミシマ社）
夜な夜な読書が日課です。でも頭を使い文字を追うことがしんどい日もあります。どんな時でも、ミリさんのホッとするイラストは、どんな日も素晴らしいと教えてくれます。色々な幸せを感じ取れる心を持っていたい。続編も入手するぞ！

☀益田ミリ『すーちゃん』（幻冬舎文庫）
初めて買ったミリさんの本。モヤモヤを無視せず、自分と対話し、前を向こうと一生懸命生きるすーちゃんとまいちゃんに勇気をもらいます。映画化された『すーちゃん　まいちゃん　さわ子さん』もおすすめです。

祖父のアトリエ

描爺がこよなく愛して暮らしたアトリエは、独特な香りがした。
いよいよ歩くことが難しくなった画家の描爺。施設入所を勧められても、描爺は「寂しくない」「アトリエにいたい」と言い続けた。ヘルパーさんのサポートを受けながら穏やかに過ごした描爺は、私たちが会いに行くと満面の笑みで迎えてくれて、生まれたばかりのこんくんを、嬉しそうに優しく抱きしめてくれた。それから間もなく、もう二度と描爺のあの笑顔は見られなくなってしまった。

アトリエは壊されることになった。たくさん遊び、一緒に絵を描いた、思い出いっぱいのアトリエの遺品整理。長いこと描爺の一人暮らしだったアトリエは、手入れが行き届かずに、そのまま置かれたものたちがたくさんあった。埃まみれで、虫たちの宝庫になっていた場所もあった。だが不思議と汚くは感じなかった。

その理由は、描爺が大好きだったからだけではない。作品をはじめ、大切に扱われたものたちには、描爺の手から伝えられた愛情が詰まっているのだ。埃を被っても色褪せない、色鉛筆、油絵の具、パステル、ボールペン、スケッチブックなどのたくさんの画材たち。筆箱、画集、洋服、りんごやイチジクのオブジェ。

ものたちは、私たちに〝確かに描爺はここアトリエで、大好きな絵を描いて生きていた〟と語ってくれる。それと同時に、ものたちに詰められた愛情や、ものたちが纏っている香りは、描爺そのものを感じさせてくれるのだ。

描爺とものたちによって作られたアトリエという空間が持つ独特な香り。それは描爺の生きてきた動線なのだ。私は描爺の形見として持ち帰った画材、木の小物入れやペン立てをデスク周りに置き、小さな自分のアトリエを作ってみた。あの独特な香りはきっともう二度と再現できないけれど、私の記憶に確かに残り続けるだろう。描爺のイニシャルが刻まれたボールペンで、私は今日も描爺を思い文字を綴る。
絵を描いている時間の尊さを大切に生き、大好きなアトリエで最期を受け入れた格好いい描爺へ。愛をありがとう。

追記
読んでくれたもちこが「すげえっすね~言葉の絵じゃ~」って言ってくれて、とても嬉しかった。これからも私の記録のために。そして表現力を磨くために。言葉を描き続けていこうと強く思った。いつも勇気づけてくれてありがとう。

☀描爺のらくがき帳や日記やメモたち
らくがき帳の表紙に「楽描き」「毎日描く」とあり、笑みがこぼれました。
詩のようなものが書いてある、素敵な小さなメモを、壁に飾っています。
のどかな日和で梅も最盛で　草花春の息吹を知る
気になっていた変な疲れは歩くことで消えたようだ

車カフェ

後部座席から、あおくんと、こんくんの寝息が聞こえる中、車を停める。お昼寝したようだ。運転席で、コーヒーとチョコレートを手に、ほっと一息つきながら私は思い出す。

学生時代。車の助手席で、母に何度悩み相談をしたか分からない。家に着いても話が終わらず、暑い夏の日は、エンジンをつけたまま、話に付き合ってもらった。コンビニに寄り、おやつを片手に、話すこともあった。学校帰り、お迎えを頼んだのに友達と話していて、母と一緒に乗ってきた幹ともちこの時間を平気で奪っていた。自分勝手なことばかりしていてごめんね。待たせたことは母に怒られたが、いつも車の中で、気持ち良く話をさせてもらった。

落ち込むことがあった日は、こんくんを保育園に迎えに行った足で、コンビニに立ち寄る。私はコーヒー。こんくんはヨーグルト飲料。車でお茶タイムだ。こんくんは、車窓から見える乗り物に、大興奮だ。「バスだ！」「バイバーイ」「タクシー！　タクシー通ったよ」「トラック！」「バイク来た！」と嬉しそうな表情に、大きい声で、大発見を伝えてくれる。

これがやめられないのは〝車で一息つくことへの安心感〟を覚えているからかもしれない。だから贅沢ではない。必要な時間だ。

一番良くないと思うのは、せっかくお金をかけて、楽しく過ごそうとしている気持ちを否定してしまうこと。コストパフォーマンスを重視しすぎると、自分を作っている大切な時間を奪いかねない。バランスをとりながら、私の節約の方法を模索していこうと思う。

揺るがない考えを持ちつつ、時には揺さぶられる矛盾も必要だと思う。今まで信じていたことに、違和感を持ったということは、私が変わった印、成長した印、環境や時代による影響かもしれない。だから、違和感があるなら私は今のやり方を変えていい。自分が決めすぎたルールに、縛られて生きるのは苦しいから。

両極端な考え方の、どの位置に自分はいたいのか、自分で決めていきたい。自分の位置を探すためには、知る、出会う、体験することが必要不可欠だ。

そろそろ二人を起こそうか。

「ねえねえ、一緒にお茶しよう！」

追記①

家事や買い物の合間に、私から「お茶する？」と声をかけたり、あおくんから、かけてもらったり。そうしているうちに〝今お茶したい〟と思うタイミングが合ってきた。

電車が大好きな、こんくんを連れて、三人で踏切が見える場所でお茶して過ごす。あと十分で電車が通る。それを待つ幸せがある。

追記②

辞書タイムです。

節約→無駄を省き、出費や使用量を切り詰めること

ケチ→金や物を惜しむこと、またそのような人

私にとっての無駄は何か、トライアンドエラーを繰り返して、いい塩梅を探そうと思う。ところが、無駄こそ必要な尊いものなのだ。

☀庄野雄治作、平澤まりこ絵『コーヒーの絵本（THE ILLUSTRATED BOOK ABOUT COFFEE)』（mille books)

二十三歳の誕生日に母がプレゼントしてくれた本。

高校生の時からコーヒーが大好きだ。もともと苦みや酸味が得意な私だが、大人になりたくて、強がりたい気持ちがあって〝ブラック〟ばかり飲み、練習した時期があったかもしれない。

☀一田憲子『歳をとるのはこわいこと？』（文藝春秋）

考え方を少し変える工夫で〝分からなくてこわい〟気持ちから脱出できると教えてくれます。思考回路を分かりやすく表現できる一田さん。ミルクちゃんが教えてくれて以来虜のECサイト「北欧、暮らしの道具店」のユーチューブチャンネルで配信しているドキュメンタリー番組『あさってのモノサシ』で出会いました。なんて素敵な人なのだろう。

みどり助産院

母が、助産院で最愛の幹ともちこを産んでくれた。私は二人が生まれたその日から、一緒に過ごすことができた。

初めての妊娠。幹が生まれた時に立ち会ってくださった、助産師のみどりさんとご縁があり、みどり助産院に出産翌日からの産後ケア入院をすることに決めた。そのため提携している〇〇総合病院で出産する、妊婦健診は三箇所の産婦人科クリニックから選ぶ、という流れでバースプランを組み立てた。

妊婦健診と並行して、みどり助産院に通い、妊婦相談やアドバイス、温熱療法などを受けた。とてもリラックスできる温かい雰囲気で、気になる症状や悩みをすぐに相談できるのは、みどりさんだから。

三十八週の時、自宅で破水。慌ててみどりさんに電話をかけた。

「大丈夫。病院に連絡してみて。臍帯が出てこないように横になって、病院に行くようにしてね」

どんな時も、心強い味方のみどりさん。駆けつけてくれた母ともちこに送ってもらい、病院の入り口で別れた。

破水して七時間後の夜間に陣痛が始まった。コロナ禍で立ち会いは禁止されていた。病院のスタッフは忙しそうで、私はほとんど一人で出産と向き合うことに。〝誰も腰をさすってくれない〟と弱気になるたびに、みどりさんの「赤ちゃんを産むのは自分だという気持ちが大切だよ」という言葉に支えられた。痛みが来たら深呼吸。痛みが引いたら、うとうと。〝こんくんは、産道を広げながら、心拍落とさずに頑張っているんだ〟と思ったら、陣痛も愛おしい命の軌跡。

朝方になっても、なかなか頭が降りてこず、体力消耗と眠気の中、四つ這いで深呼吸を三時間継続。そうして、ちゃんと降りてきたこんくん。「もうすぐ産まれます」と助産師さん。か細くも、力強くて愛おしい産声に、感動という言葉では表現しきれない喜びが溢れた。お腹に乗せてもらったこんくんに「ママよ」「寒かったね」「もう大丈夫よ」と声をかけ抱きしめる。とっても小さくて大きい命。処置を受け、寝かせてもらって、あっという間に翌日。私は無事にみどり助産院へ転院した。

みどりさんは、心に触れるお世話やコミュニケーションの方法、工夫次第で楽しく育児できるというマインドを教えてくれた。産後の身体のケアを受けることができるし、食事やシャワーのタイミングは、私に合わせてくれる。

私たち夫婦は、親になる喜びや、幸せを、一緒に実感できたのだ。こんくんの成長を、日々愛おしく感じながら、私たちも一歩ずつ歩んでいく。この思いの原点はみどり助産院だ。

追記

コロナ禍で産婦人科は付き添い禁止だったが、助産院は家族も行けるので、出産や産後を一緒にイメージすることができた。みどり助産院での産後ケア入院中は、不安や孤独を感じることなく、常にリラックスして過ごせた。あおくんと一緒に宿泊することで、退院後の新しい生活のシミュレーションに繋がった。何より生まれた直後から、二人でこんくんをすぐ隣に感じることができたのも、みどり助産院の大きな魅力。みどりさん、本当にありがとうございました。

✹ジェニファー・デイビス作、ローラ・コーネル絵、槙朝子訳『あなたが生まれるまで』（小学館）

生まれるまであと◯ヶ月、ママの体の状態や家族の様子の絵をめくると、お腹の中の赤ちゃんの様子が描かれています。こんくんへ、私のかけがえのないマタニティライフと、出産について伝える時が楽しみです。

✹アリスン・マギー作、ピーター・レイノルズ絵、なかがわちひろ訳『ちいさなあなたへ Someday』（主婦の友社）

命を繋ぐ尊さを、こんなにも柔らかく描けるのだろうか。子どもが生まれてから、巣立ち、その子どもが親となる姿を見届ける。親が子どもを思う愛を、その人生を、比喩表現を用いて美しく表現しています。

ＢＰ会

最愛の息子がくれるものは数えきれない。愛おしいと思う心、新しい物事の見方や考え方、家族の広がり、みんなの笑顔。そして一生の友だ。

私には素晴らしい家族と親友がいてくれるから、楽しく育児できると思っていたので、児童館や講座等に行くことに消極的だった。助産師のみどりさんが「この講座は絶対おすすめ」と教えてくれて参加したことが、これほどまでに私の人生を大きく変えるなんて思ってもみなかった。

生後五ヶ月までの第一子を持つママが対象で、毎週水曜日計四回で「親になること」をテーマに学ぶ、親子の絆づくりプログラム「赤ちゃんがきた！」通称「ベビープログラム」（ＢＰ：Baby Program）。

講座で出会ったママたちは、育児に真正面から向き合い、子どものために、家族のために行動し、悩みにそっと寄り添ってくれる温かい人たちばかりだった。気がついたら週に一回の癒しの場になり、気になることがあるとみんなに相談してみようと思うだけで、心が軽くなった。

頭の回転が速く、博学でかっこいい「まめちゃん」。

声が綺麗で、ユニークな発想と、コメント力を持つ「おやゆびちゃん」。

いつも明るい笑顔で、情報収集とみんなをまとめる能力が高い「バッハちゃん」。

芸術性豊かで、穏やかな、器の大きい「ヨーコちゃん」。

すぐにみんなのことが大好きになった。

私は講座が終わり、この素晴らしい時間がなくなってしまうことが、とても寂しかった。もっとこの人たちと同じ時を共にしたいと強く願った。思い切って「講座が終わっても集まりませんか?」と声をかけてみた。みんな声を揃えて「いいね!」「私もそう思っていた!」と賛同してくれて、すぐにグループライン「BP会」(ベビープログラム会)を作り、週に一回集まることになった。まめちゃんが「敬語はやめようよ。同じママ○歳同士なんだから」と言ってくれたことが、なんでも話せる関係性の始まりになったと思う。

講座後に初めて集まった日。私は、こんくんの発熱で参加できなかった。他のBP

会メンバーが、久しぶりに児童館を訪れたという二児のママの「はなちゃん」と意気投合して、集まりにお誘いしてくれたそうだ。翌週、はなちゃんと会った私も、物腰が柔らかくて、アイデア豊かでおしゃれな「はなちゃん」とすぐに打ち解けて大好きになった。

こうして、私たち六組の親子の時間、BP会がスタートした。児童館に集まってたくさん話をしたり、気になるイベントや遊び場に出かけたり、美味しいものを食べたりと、最高の育休期間になった。旦那さんも交えて六家族でバーベキュー。バッハちゃんの結婚式に子どもたちと参列。二次会は初めての飲み会になった。クリスマス会では、ママたちのプレゼント交換をした。書ききれないほど、素敵な思い出ができた。

BP会のみんなは、辛い時は自分のことのように親身になり、駆けつけてくれる。体調不良の時は差し入れを届けてくれた。どれほど支えられているか。分かりやすく、ママ友と紹介している場面があるけれど、ママ友という言葉だけでは表現しきれない。同じ時期に月齢の近い子どもを育てる同志として、時に妻として、時に嫁として、その肩書をも超えて一緒に悩み、泣いたり笑い合ったりした。

これからも子育てで悩むことはあると思うけど、私には「ねえ聞いて」と言える、心の拠り所である素晴らしい仲間がいる。子育てが一段落したら「出会ったばかりの頃はみんな寝返りもまだだったよね」「懐かしいね」とグラスを片手に、あの頃を語り合えると確信している。

ＢＰ会のみんな！　生まれてきてくれて、同じ時代に子どもを産んでくれて、児童館に足を運んでくれて、私の人生を変えてくれて、本当に、本当に、ありがとう。書きながら文字が滲む。

最愛の息子がくれたもの。それは一生の友との出会いである。

追記

子どもたちの写真や動画で溢れるグループライン。おやゆびちゃんと、はなちゃんが作ってくれたメモリー動画。

子どもたちお揃いのハンカチとロングティーシャツ。ママたちお揃いのバッチとコースターとキッチングッズ。どれも思い出いっぱいだ。

「まめちゃん」の知性を受け継いでいる「こまめちゃん」は、いつもみんなを引っ張ってくれて、頼れる存在。自分の好きなものをキャッチする観察力が光っている。

「おやゆびちゃん」のチャーミングさを受け継いでいる「こゆびくん」は、いつもみんなを笑わせてくれる。温かい優しさと、表現する勇気を持ち合わせている。

「バッハちゃん」の快活さを受け継いでいる「二世ちゃん」の、群を抜いた運動神経に、みんないつも魅了される。チャレンジ精神と、強くしなやかな心の持ち主。もうすぐお姉ちゃんになる二世ちゃんを見るのが楽しみ！

「ヨーコちゃん」の強い芯を受け継いでいる「テルくん」は、逞しくて温厚でいつもみんなに安心感をくれる。今は別の地で頑張っているヨーコちゃん夫妻を、優しい笑顔と眼差しで支えているのだろうな。

「はなちゃん」の優美な心を受け継いだ「ももちゃん」と「すももちゃん」。おしゃべり上手で思いやりの深い「ももちゃん」と、明るくて堂々としている「すももちゃん」の切磋琢磨している姿に元気をもらう。

「うら葉」のロマンチック心を受け継いでいる「こんくん」は、繊細かつダイナミックに表情が七変化。旅先で言った「風が吹いている」「歩くの、大好き」は決め台詞。

みんなと過ごしたかけがえのない軌跡が愛おしい。これからも、子どもたちの成長を、見守っていきたい。

☀原田正文編著『親子の絆づくりプログラム〝赤ちゃんがきた！〟―思春期から花ひらく乳幼児期の育児―』（ＮＰＯ法人こころの子育てインターねっと関西）

現代の子育ての特徴に合わせた、考え方のヒントや育児の知識が満載。「起き上がりこぼし」のような、しなやかで粘り強い人格の素になる「心の安定根」を育てるために、子どもが、自分は愛され、守られていると感じられる環境作りや関わりが大切と教えてもらった。ＢＰ会は私の安定根。

絵本棚

家の中は本棚の割合が多いと思う。

母のセレクトした絵本たちを預かっていて、約八百冊から厳選して並べている。それに加えて、私がセレクトしたエッセイや小説、知識本、こんくんの絵本や図鑑などが、共に暮らしているというわけだ。あちこちに棚やブックエンドがあり、それぞれの前に座ったり、横になったりして、絵本や本を読むことが私の幸せだ。

私は皮膚炎や鼻炎症状が出やすい。母は「体調不良はいいバロメーターだよ。自分に心を配ってね」と言う。まずは、食生活を見直したり、睡眠や入浴を重視したり、悪化しないように、気をつけること。次に心の声を聴くこと。自分と向き合う時間を作ることで、手荒れや鼻炎が回復することがある。

心の声を聴く時間に、寄り添ってくれるものの一つに、絵本がある。不調の時は、周りのことが気になり、自分軸を失っていることが多い。絵本は心を私に戻してくれる。忘れかけていた大切なことを、優しい色と温かい言葉で思い出させてくれる。
元気な時も、疲れている時も、美しい言葉のシャワーを浴びたくて、私は絵本棚の前に座るのだ。

追記

幼稚園の先生と、読み聞かせボランティア二十年の経験を持つ母。絵本を通じて言葉の栄養を訴え続けてくれて、ありがとう。
「よおむ、よおむ」とこんくんが、絵本を持ってくる。キラキラした表情が愛おしい。

☀ルース・エインズワース作、荒このみ訳、山内ふじ江絵『黒ねこのおきゃくさま』（福音館書店）
どんなに貧しくても、自分が辛くても、思いやる心を忘れないことの、尊さを刻み込んでくれます。

☀及川和男作、長野ヒデ子絵『いのちは見えるよ』(岩崎書店)
視覚だけでは捉えられない、命の素晴らしさを、全盲のルミさんが教えてくれる作品です。

☀ラジオ番組
言葉のシャワーを浴びられるものには、ラジオもある。生活を豊かにするヒントをもらうことが多い。心を滑らかに、丸くしてくれる。特に、朝からほっと一息つくように穏やかになれて、愉快で、選曲センスも抜群なママ友の「おやゆびちゃん」がパーソナリティを務めているラジオ番組を聴くと、元気に仕事に行ける。

好きを並べる

もちこが我が家で、こんくんと遊んでいた時のこと。棚に並ぶ絵本の前に、カメやイルカなどの海の仲間が描かれている積み木を、丁寧に並べていた。ものの表情を大切にし、愛でる心を持っているもちこの感性は、とても繊細で美しい。
私は本を背の高い順に並べたり、絵葉書を壁に並べたり、車に載せる荷物を綺麗に並べたり、野菜たちをかごに並べたり。心を込めて並べると、気持ちが落ち着くことを思い出した。

それから私はなんとなく〝ポン〟とものを置くことをやめて、〝そっと〟並べて置くようにした。枕元にある今読んでいる本も背の順に。お風呂のおもちゃ、アヒルやタツノオトシゴ、消防車は浴槽の縁に。棚の上の置物は窮屈にならないレイアウトに。そうしていたら不思議と、ものたちが優しく見守ってくれているような、柔らかい空間になってきたのだ。

好きが並んでいる場所、それこそが自分の居場所なのだと思う。

追記

〝好き〟は繋がって深まる。例えば本に触れ続けていくと、好きな著者との出会いがあります。読み進めていくと、参考文献として紹介されていた著書をすでに持っていたり、好きな著書同士が繋がっていたりするのです。

こんな経験が頻繁に起きるようになるから楽しい。探究心がくすぐられる。

☀らくがき（アイデア）ノート
ふわっと浮かんだことをメモしたり、〝お日様ごこち〟を書き留めたり、パソコンの中に散りばめた原稿たちを印刷して再構成したり。切ったり貼ったり。私は今日も好きを並べている。

☀御木幽石さんの日めくりカレンダー
優しいタッチの絵とラッキーワードは毎日の楽しみ。手のひらサイズで靴箱と本棚の上に置いている。
めくることを忘れがちな忙しい時期は、日にちがない「名言ページ」にしている。色んな時期があって良い。

☀海外select雑貨店『Felice Latte』
ママ友の「はなちゃん」が運営しているネットショップ。グラス、木製楽器セット、カラフルハンドスピナー、アルパカのぬいぐるみを、お招きして生活の中に並べました。ローズマリーを添えたおしゃれなラッピングをしてくれたり、メッセージカードを準備してくれたり。はなちゃんの優しさと愛が詰まった、素敵な雑貨店です。

可愛い海外の子ども服がたくさんあり、プレゼントにもおすすめです。

木の椅子

時代は変わる。考え方や言葉も変わる。こんくんが、今の私と同じ歳になった時、何をどう感じるのか分からないけれど、違いも変化も、肌で感じたいと思う。

二歳を迎えたこんくん。おでこの汗、もぐもぐ動く口、横から見たらほっぺたの膨らみで隠れる口、上から見たら鼻より高い口、鼻詰まりの呼吸の音、ふっくらとした手の甲……全てが愛おしくて堪らない。今しかない時間を、一緒に生きている。そして時が流れていくほどに、それぞれが生きていくのだ。

私が小さい頃に使っていた木の椅子。幹ともちこも使っていた、子ども用の椅子。机が付いていて、後ろに収納できる。背もたれのタイルに、クマの絵がある。

この木の椅子を、絵本棚の前に置いている。私がそこに座って絵本を読んでいると、こんくんが、私の膝に乗ってきて、「しゅわるー‼」「つめてー‼」と私を退かそうとする。

暮らし方が変わっても、ここに在る〝木の椅子〟のように、変わらぬ私の場所がある。

追記

描爺のアトリエが壊されても、集まる場所がなくなったわけではない。現地集合の旅行のように兄弟で集まり、墓参りや描爺が大好きだった山に登ろう。描爺が暮らした街に触れよう。幹、もちこ、あきちゃん、あおくん、こんくんと、計画中である。

☀ヨシタケシンスケ『あんなに あんなに』(ポプラ社)

何度読んでも涙する。忙しい渦中は、幸せを実感する頻度が低くなってしまう。あんなに小さかった子どもが、こんなに大きくなる。あんなに大変だったのに、まだ足りないと思うほど、今にどれだけの幸せが詰まっているか。いつかの歯がゆさも、必死さも、愛しさになるんだ。

銀座

銀座は、私にとって特別な場所の一つになっている。

描爺が十年前に人生最後の個展をした場所である。その銀座へ再び向かう。今回は、幹の初めての展覧会に行くためだ。

年少期を過ごした関東の友人や、東京在住の友人たちに声をかけたら、たくさんの人が観に来てくれることになった。こんなに幸せなことはない。

壁一面に幹の世界が広がっている光景に、感動の波が押し寄せる。絵から幹の気持ちが伝わってくる。愛を込めて、瞬きの合間も大切に生きているように感じる。

ふと、亡き描爺の姿を思い出した。大きなキャンバスの前に座り、二種類の眼鏡を同時にかけて、色鉛筆で命を削り込むように、この一瞬を逃すまいと、食らいついて絵を描いていた背中を。かすれた優しい声で「僕に憧れすぎたらいけないよ」「僕を超えないとダメですよ」とよく幹に言っていた。描爺は、絵が好きな幹を、きっと一番誇りに思い、一番心配していたと思う。幹は、描爺を心から尊敬していた。よく一緒に絵を描いていたが、あれはスキルやモチベーションを学ぶことを、通り越していたんだ。描爺の心が、澄んだ幹の心に浸透していったのだ。

〝そうだ。幹の中に、描爺が生きている〟描爺が背中で教えてくれた、言葉だけでは伝えきれなかった〝描くことは生きることである〟という思いを、幹は様々なタッチや画材を巧みに使い分けて、体現している。味わいを追求する生き方をしているのだ。

幹の『感受』という作品に心を奪われた。描爺のアトリエがモチーフだ。我が家に連れて帰ることにし、帰宅後にすぐに開封。こんくんも、嬉しそうに絵を覗き込む。扉を開けてすぐに目に留まる場所に飾った。
幹よ。描爺よ。アートの街「銀座」よ。心の豊かさと、強いエネルギーをありがとう。

追記

幹の展覧会に来てくれたみんなへ。

元同僚で探求心と情熱を持つ「かむちゃん」とは、いつも分岐点で語り合っている。地元で、お互いの結婚を祝い、乾杯した。結婚を機に関東へ行った「かむちゃん」と、今度は銀座で再会を祝って乾杯。幹が描いた地元の絵を直感で「懐かしい」と言ってくれてありがとう。

中学時代、一緒に自転車で通学した「もえぴー」が、お母様と弟くんと来てくれて嬉しかった。真っ直ぐ帰らないで、いつまでも〝木のとこ〟(植樹帯?)で、語り尽くしたね。視野が広くて多才な「もえぴー」と話すことで、前向きな感情に出会う喜びを知ったよ。ありがとう。

今は関東に住む「ゆずちゃん」、夫婦で来てくれてありがとう。一つ一つ丁寧に観てくれた美しい眼差しを忘れない。

中学入学時、吹奏楽部か、陸上部か、悩んでいた私に「陸上部に入りたいんですよね?」と声をかけてくれた「ちばくん」。頭脳明晰で頼れる存在。あれからも私は〝走ること〟が大好きでいるよ。描爺の個展に続き、来てくれてありがとう。

関東で小学時代を共に過ごした、聡明で包容力のある「そーちゃん」と、直向きで凛とした「ともか」。描爺の個展など声をかけるたび、いつも駆けつけてくれる。そーちゃん、幹の絵を連れて帰ってくれてありがとう。ともかが「ちょうど十年ぶりに会ったから、また次も十年後かな」と言ってくれて嬉しかった。ぜひまた十年後に。

みんな本当にありがとう! 時が流れても、あの頃と変わらないままでいてくれて、ホッとしたよ。どうか身体を大切に。また会おうね!

☀幹の描いた絵画コレクション①
・画題『感受』→椅子や画材、雑貨など、柔らかい色彩で、描爺のアトリエの一角が選び取られている。リズムがあり、カラフルなものたちは、一つ一つ鮮やかな赤色の輪郭線が引かれ、絶妙な色合いに調和されている。額縁は、優しいレンガ色と美しい木目で二重だ。

・画題『高揚』→海を目指して進む山道の途中。その先に見える景色まで感じ取れる。絵より一回り大きい二枚のガラスでそのまま挟む額装のため、ギザギザした紙の耳が見える。また、余白のガラスから飾る壁が透けて見えて、表情の変化も楽しめる。

自分がいるところ

生きるためには〝家〟という暮らしを守る場所は必要だ。けれども、家があるから私たち家族がいるのではなく、私たちがいるから家があり、時間をかけて、かけがえのない心を置く場所になるのだと思う。

思い出のある場所たちは、私の心を支えてくれている。時々は、今私はどんな場所にいるのか、そこにいたいのか、見つめながら、歩んで生きたい。

〝新しいものが欲しい。決まらない。さあどうしようか〟と私を探し求める経験を繰り返していく中で、センスを磨こう。自分の好きなものを知る。好きなものの点たちが、だんだん繋がっていく。過去の点たちと、今を刻む点たちが集まって、自分の線になっていく。

線は曲がってもいい。筆圧も違っていい。線は面になり、広がっていく。人生を通して、私らしい絵が描ければいいのだから。

追記

自分がいるところに、お日様ごこちがある。

お日様ごこちになる〝思い出〟と〝もの〟は、私がいたい〝場所〟に在る。また〝思い出〟と〝もの〟が、お日様ごこちになる〝場所〟を作っている。私の場所で、どのように暮らしたいか、次章で考えてみたい。

☀ピーター・レイノルズ作と絵、谷川俊太郎訳『てん』（あすなろ書房）
ワシテは、お絵描きが大嫌いだった。小さな〝てん〟を描いたワシテに「サインして」と先生が言う。額縁に入れられたワシテの絵。先生の応援する態度は、ワシテの制作意欲を掻き立て、有名になる。線が真っ直ぐ引けない、自信がなさそうな男の子に、今度はワシテが言う。「サインして」と。

自信をつけるまでの経験は、いつか誰かの背中をそっと押す、優しさと愛を生むんだ。

お日様ごこちになる暮らし

キャンドルナイト

部屋にいくつもキャンドルを灯して、電気を消して、Norah Jonesをかけると、あっという間にいつもと違う時間が流れ出す。揺れる火を見ながら、ワイングラスを片手に、ゆっくり食事を楽しむ。

大切な人とゆったり過ごす、デンマークの生活文化〝キャンドルナイト〟は本で知った。あおくんも気に入ったようだ。床に座り、お重を囲んで、夜のピクニックみたいにしたり。幹ともちこを呼んで、語り合ったり。ミルクちゃんの婚約祝いや、母の誕生日祝いにキャンドルを持って行ったり。豊かな時間は心も灯す。

親友のべなが、私の結婚祝いでケーキを持って訪ねてくれた時も、キャンドルナイト。乾杯をして、おしゃべりを楽しむ幸せなひと時。べなに「結婚祝いは何がいい？」と聞かれ「結婚式でも普段使いもできるネックレスがいいな」とリクエストしていた私。べなは、こんな私の我儘も受け入れてくれた。

べながプレゼントしてくれたのは、ゴールドベースにキラキラの涙の雫がデザインされたネックレス。シンプルだけど、存在感がある美しいデザイン。べなは、私に言った。「嬉し涙をたくさん流してほしい」と。

もうすでに流れている。嬉しかったり感動したり、すぐ泣く私を包み込み、べなは「これからも泣いていていい」と言ってくれた。ありがとう。涙のネックレスは、生涯どんな時も私を支えてくれる。

追記

キャンドルナイトから着想を得て、結婚式では〝キャンドルリレー〟を行いました。愛する人と、その家族と、家族になれる幸せの奥行きが広がり、胸が熱くなる。ドレスは灯火と同じオレンジ色で。

☀マイク・ヴァイキング著、ニコライ バーグマン解説、アーヴィン香苗訳『THE LITTLE BOOK OF HYGGE ヒュッゲ 365日「シンプルな幸せ」のつくり方』（三笠書房）

ノルウェー語からきている〝ヒュッゲ〟は、満ち足りることを意味するそうです。幸福度の高いデンマークの研究を踏まえ、すぐに〝ヒュッゲ〟を学べる本です。まずは、日常に、心を灯すキャンドルナイトを。皆様も是非に。

☀キャンドルホルダーとお重セット

短大時代に出会った「レイ」からのプレゼント。レイは、どんな時も俯瞰して物事を見る力を持っている。その力は経験や努力で掴み取った感性から得たものだと思う。いつも相談に乗ってくれてありがとう！

白いお重に料理を並べて、ホルダーがもたらす天井のゆらゆら灯るキャンドルの色合いを楽しむ。レイの言葉のセンスも一緒に光り続けている。

祝！　息子爆誕！　うら葉のお誕生日も合わせてダブルでおめでとう！　このお重で幸せも重ねていってね!!

ほうき、ちりとり、雑巾掛け

〝掃除はしなくてはいけない〟と思っていた。

育児や家事で精一杯で、掃除に手が回らないことにイライラして、「洗面所もトイレもずっと汚れているのに、なんで気がつかないの」と、あおくんに八つ当たり。ごめんね。書類記入等のやるべきことと、ノートまとめや読書など、やりたいことが山ほどあるのに、掃除して環境が整わないことには、何も始めることができないと思い込んでいた。挙げ句、掃除もタスクも何も進まないという悪循環。

そんな時、加茂谷真紀の『愛のエネルギー家事』という本に出会った。帯には「忙しくても、大丈夫。完璧ではないことが、最高。あなたの手のひらで、愛を伝える家事のやり方。」とあり、釘付けになった（124ページ参照）。

掃除が〝愛を伝えることができる行為〟と知り、楽しく取り組めるようになった。「心を置くことこそが掃除」とあり、疲れて手が回らなくてもいいと思えた。私は家のものや場所に「ごめんね。いつも頑張ってくれてありがとう」「綺麗にするから待っていてね」と声をかけるようにした。そうするとスーッと心が軽くなるのだ。実際に掃除をしていなくても、気を配れている自分を好きでいられるのかもしれない。

心が軽くなった私は、気に入ったデザインのほうきとちりとりを買い、ささっと、気になる所だけ綺麗にする選択肢を持つことができた。

それから「雑巾は宝布」とのこと。磨くことは自分の手から、普段使っている空間に、労いを伝えられる。空間だけでなく、心まで綺麗になる。

画期的で、便利な道具を取り入れることも工夫の一つ。肝心なことは、心を道具任せにしないこと。人の真心がある限り、思い合う気持ちがある限り、人が営む家事の魅力があるのだと思う。

追記①

「おかずを取り分けて」というお手伝い。分量が掴めず、子どもの頃は、億劫に感じていた。

月婆の形見の、綺麗な柄付きグラス三つに、ヨーグルトを分ける。分け合う人がいる。共に暮らしている幸せを教えてくれる〝取り分け〟が少し好きになった。

追記②

ふと小学校の掃除を思い出した。ほうき、ちりとり、雑巾掛け（ハンカチ、ちり紙、爪切りも大事だよね！）。小学校は、人の営みの基本を教えてくれているのだな。社会一般的な事柄から、離れる視点を持ちつつ、守るべき基本はある。見極めながら、自分の基本を整えていきたい。

☀加茂谷真紀『愛のエネルギー家事』（すみれ書房）

家族の縄張りを意識して、ものの場所を決めていくことで、不思議なことにどんどん片付いて、心地良い空間が少しずつできてきました。著者の「ピカピカの日もあれば、ほかほかの日もあり、シクシクの日も、モグモグの日もどれも神聖なのです」の言葉が、翠雨のように降り注いで心を潤しました。ずっと綺麗じゃないと恥ずかしいと思う気持ちから、解放された魔法の本です。

☀『北欧、暮らしの道具店』ユーチューブチャンネル オリジナルドラマ作品『ひとりごとエプロン』

主人公の「お腹が空いたままじゃ、気持ちはますます凍えていく」のひとりごとに魅了され、作品のファンになりました。料理を通して人生を考えながら前向きに語るひとりごとは、心を和ませてくれます。

料理は苦手だけど、楽しそうに料理する主人公に倣いエプロンを着け、挿入歌をかければたちまちスイッチが入ります。第一話に登場する「さらりとしない、じゃがいもグラタン」は数回作りました。これが本当に美味しいのです。

模様替え

多くのおひさま作品に触れながら〝いいなあ〟と思うものを取り入れていきたい。でも全部を取り入れようとしたら、壊れてしまう。例えば〝緑いっぱいの部屋にしたい！　ものを減らして快適に生きたい！〟と理想を掲げたとして。仕事で精一杯で、植物を枯らしてしまったり、ものを減らしてもまた増やしてしまったり。理想の暮らしと違う、という感覚が常にあり、自分に苛立っていた。

ところが模様替えを通じて〝その時々で必要なものが違うだけかも〟と思うようになった。

以前は、１ＬＤＫの部屋の真ん中に食器棚を置き、その上に炊飯器やケトルを置いていた。食器棚の向かいにソファを置き、キッチンとリビングを分けていた。

その後、食器を減らして、壁際に置く細身の棚に食器を収納。炊飯器は寿命を迎えたことを機に、鍋用の土鍋でご飯を炊き、白湯生活をしたくて鉄瓶を買ったため、ケトルは手放した。

こんくんが生まれたことで、生活動線が変わった。部屋の真ん中を空けて、広く遊べるようにしていった。その時々で必要なものを考えて、行動していると気がついた。

理想の人や状態にならなくていい。試行錯誤を繰り返し、色々なアイデアを組み合わせてみる。そうやって私の〝好き〟は何かを探り、私のスタイルを作っていけばいいんだ。

模様替えは自分の変化の過程を楽しむ最強のイベントかもしれない。

追記

棚の手前のスペースや、敷居、窓の桟など、驚かされる場所に、乗り物のおもちゃを並べている、こんくん。可愛い動線に合わせて、おもちゃの収納も工夫します。

これも楽しい模様替えの一つです。

☀幹の描いた絵画コレクション②

毎日観ることで、日々の感じ方の違いに出会う。絵に見守られる空間をありがとう。

画題『跡』↓北海道のある家の棄景。月日が経っても凛と美しく建つ家が持つ、寂しさと果てしない愛を物語っているような趣がある。

他にも、赤い象の滑り台や蒸気機関車を見上げたり、初めての海に生き生きと向かっていったりする、こんくんの後ろ姿の絵。幹とこんくん共作の、蒸気機関車や電車たちの絵など。今を慈しむ魂にしか描けない絵たちだ。

バッグ探しの旅

どこへ行くにも、必ず持って行くバッグ。自分の世界を持ち歩いているようなものだと思う。

「なんかバッグがしっくりこないの」「今の生活スタイルには、これがいいと思わない？」「今度こそ、いいかも」を繰り返す、終わらない私のバッグ探しの旅。付き合ってくれている家族は「またですか」とあきれている。もはや病に近い。

私には日々の変化を捉えられるセンサーがある。変化に対応しようとする心構えとパワーがあるから悩むのだろう、と前向きに、バッグ病を受け入れた（悪く言えば飽きっぽいのだけど）。

模様替えもバッグ探しの旅も、なんでもパッケージ化やルール化する癖は、センサーを止めてしまうからやめよう。無理に決めなくても、そのうち自然に、心地いいリズムが出来上がるかもしれない。

居場所を作るバッグ。さあ、色々なバッグを楽しもうじゃないか。

追記

母曰く、太陽婆も私と同じバッグ探しの旅をしていたそうです。

太陽婆が書爺に、新しくバッグを買いたいと伝えると「またバッグか！ 用途は何だ」と怒られていたそうです。太陽婆は「手提げよ」「買い物カゴなの」「手提げカゴです」と巧みに説明して買っていたとか。認知症になってからも、太陽婆はバッグを近くに置いていると、落ち着くようです。自分の世界は自分を支えるのかもしれない。


☀チチカカの「巾着バッグ・ショルダーバッグ・エコバッグ・トートバッグ」

カラフルで軽くて心地いい。持っているだけでワクワクする。旅先で撮る写真に入り込んでいると様になる。

もちこと色違いでお揃いが増えていく幸せ。

☀ろーちゃんママの「手編みバッグ・ポーチ・かご」

幹とあきちゃんの親友「ろーちゃん」は、朗らかで、自分軸を持っている提灯職人さん。そして「ろーちゃん」のお母様も、ものづくりの情熱を持つ格好良い人らしい。ご縁があり、作品をプレゼントしてもらいました。ありがとうございます！

どの色も主役になる、美しいデザインのバッグは身体に馴染むので、お出かけで大活躍です。柔らかな手触りと色合いで、小物を守ってくれるポーチは安心する存在です。丁寧に優しく織りなされたかごは、野菜や食材が綺麗に居心地良さそうに並んでいます。どの作品も、私の生活を楽しく豊かにしてくれます。

☀ゆうちゃん手作り「船の刺繍入り巾着」

高校時代、違うクラスだったが、トイレでよく顔を合わせて、話すようになった「ゆうちゃん」。共通点が多くて意気投合。洋楽好きで、真っ直ぐで、愉快なゆうちゃん。社会人になりたてで、何度も躓いた時期を、一緒に乗り越えてきた。

淡くもパワフルなグラデーションの糸で、私のために、ひと針、ひと針刺繍してくれてありがとう。

私のヒントｎｏｔｅ

二〇二三年九月六日。

手紙の入った箱を整理整頓していたら、スクラップ途中になっている、Ａ５サイズより幅をスリムにしたノートを発見した。〝懐かしいなあ。こんなところにあったのか〟と救出。

翌日、九月七日。

〝描爺のボールペンで、らくがきしたいな〟と思い立った。らくがき帳探しの旅へ（向かったのは押入れですよ。使いかけのノート魔ですから）。早々に、昨日見つけたノートの黒革のカバーと、未使用のノートを発見。

これらは、トラベラーズノートというもので、使い込むほどに味わいが出るという、黒革のカバーと、種類が豊富なノートを組み合わせて使う。

〝この偶然は、トラベラーズノートを、らくがき帳に任命しなさいってことか〟

カバーの中に、九月六日に見つけた、スクラップ途中のノートと、九月七日に見つけた未使用のノートをセットする。未使用のノートをらくがき帳にしよう。

このように、使い方を考える時間は最高に楽しい。早速この気持ちを書いていく。

2023・9・7
スクラップしようとしたものたちがそのままに。……中略……昨日は使いかけのこちらのノート。今日はカバーが出て来たんですもの。使ってくれ!!気づいてくれ!!って教えてくれたのよね。
今の私なりに、思い出を振り返りながら、ペタペタしていくノートにさせてね。再びよろしくね。

〝ところで、一番最初は、何を書いたっけ?〟と思い、一ページ目に戻ってみた。

2014・9・7
初めまして。トラベラーズノート。
メモ、残しておきたい切り抜き、情報、とにかくなんでも！　たくさんぎゅって、つめこみたい!!　パラパラって見た時に、わくわくするようなノートにしよう。
少しでも多くのことを、この時と共に刻んでおこう。自分がキラキラするためのcustomizeするためのヒントnote。

1つの小さくて大きなきっかけにしましょう♪

目標、できる限り新鮮に。素直に。


私、まさかの九年前の同じ日に、初めての記録をしていたのだ。

ごめん、九年前の私よ。全く鮮度を保てないまま、眠らせていたよ。これを機に私は、ノートをいつでも手に取れる場所に置いて、ときめくものはすぐに切ったり貼ったり。新鮮スクラップ術を少しずつ身に付けた。その時の気持ちを書き添える。日付も忘れずに。

私のヒントnote。黒革のカバーで、スクラップ帳とらくがき帳のセット。旅行の時は、スクラップ帳をtrip帳（旅程や旅の日記。スタンプを押したり。チケットを貼ったり）に差し替える。

ようやく巡り会えた、私だけの使い方だ。

追記
トラベラーズノートは、私の救世主です。
今までTo Doリストやスケジュール帳や家計簿と、数冊のノートを使い分けようとして、定着せず悩んでいました。

二〇二五年から、トラベラーズノートのスケジュール帳に、まとめて書くことにしました。形式に従うより、自由に書く方が合っているとやっと気がついた私。トラベラーズノートを持っていれば、すぐに書けるから無敵です！


☀デザインフィルの「トラベラーズノート」

用途に合わせて自分でカスタマイズできます。黒革のカバーが、どんどん味わいを増していく楽しみ方も。

今は、003番の無罫は、スクラップ帳。013番の軽量紙は、らくがき帳。014番のクラフト紙は、trip帳として使っている。ノートを五冊ずつまとめて保管できる魅力的な専用ファイルもお迎えしました。

☀株式会社KADOKAWA監修、角野栄子イラスト、加藤寛之デザイン、葛山あかね文『カラフルな魔女　角野栄子の物語が生まれる暮らし』（角川書店）
大好きな絵本作家の角野栄子さんのルーツを、知ることができる本。なんでも書き留めるための「黒革の手帳」を肌身離さず持ち歩いているそうです。

革のカバーが、同じ黒色だと知り、嬉しくて飛び上がってしまいました。

記録の魅力

こんくんと、本屋さんを巡る。電車の絵本が目に留まったようだ。『がたん ごとん がたん ごとん』（安西水丸さく・福音館書店）素朴な絵が気に入った様子。絵本や本との出会いはご縁だ。こんなにも、たくさんの素晴らしい作品が溢れているのに、ちゃんと目が合う。そういう時は、常にすぐ連れて帰るスタンスの私です（正しくは、買う）。

そういえば購入した本に、日付を書いたり、書いていなかったりとバラバラになっている。書斎のように、いつどこで買ったのか書こうと思っていたのに。

〝待てよ？ 本に書いていなくても、手帳に購入日を記録しているケースもあるな。映画や、読んだ本のリストと感想も、あちこちに記録しているなあ。うーん〟

〝そうだ！ 片付けしながら購入日が分かったら、本に書き込んで、新たに記録を整理しようか〟そうやって、自分のもう一度読みたい、聴きたい、観たい、を知ることも面白そうだ。

呼び起こせるから、記録は素晴らしい。散りばめられた記録は、私の人生のピースたちだ。ピースを大切にするということは、自分を理解し愛することに等しい。ピースを掛け合わせて〝私の人生〟というパズルを作っている。

追記

仕事終わりに、ゆうちゃんとスタバで合流。仕事の愚痴や恋愛の悩み。くだらないことから、大真面目な話まで。どう生きたいか、語り合ってきた。当時の手帳に、ゆうちゃんから教えてもらった元気の出る楽曲を、ゆうちゃんからのエールを書き留めている。辛い時期を、書くことで救ってきた原点。

今は、お互いに一児の母。エッセイのことを話した後に、もらった手紙の言葉は、今後の私を守り育てる大切な肥料だ。

ゆうちゃんを介して、手帳や手紙に記録された〝私〟を、ずっと大切に、生きていきたい。

うら葉が常に本と共に過ごしてきたから、縁がつながってきたんだろうね。いつも前向きに、色んなことに向き合って、乗り越えてきて、幸せを掴みとっているんだろうな！

☀ゆうちゃん手作り「トマトまんが刺繍されたスタイ」「こんくんの名入れスタイ」

幹の結婚式やマンスリーフォト撮影時にも、大活躍のゆうちゃんの手作りスタイ。ものと、日記や写真で残る形は、全て最高の記録である。

☀ほぼ日手帳　weeks・weeks MEGA

細長で、左ページに一週間の予定、右ページにメモを書くことができる。

二〇一六年から六年使った。左側は食事内容を書くことがほとんどだった。右側は〝やることリスト〟〝悩みを相談した時の記録〟〝道の駅のスタンプ〟など自由に使っていた。

毎年可愛いデザインが出るから、選ぶ楽しみも。一冊一冊、その時の悩みと向き合っている自分がいる。その悩みたちは、忘れていたことがほとんどでびっくり。これが意外に、なりたい自分に近づく道を作っているかも。

写真

結婚して新しい生活が始まった。

思い出したように、ダンボールに入れたままになっている荷物たちを、少しずつ片付けていた。古いアルバムには若い頃の母と父、まだ赤ちゃんの私がいた。笑顔が溢れていて、自分は親の気持ちを何にも分かっていなかったと、知った。

あるラジオ番組で「家族に伝えたいこと」を募集していた。父にいつか伝えられたらいいけれど、私がこの気持ちを忘れないために、形にしてみようと思った。

気持ちを言語化することで、私は〝私〟を理解していくのだと思う。


『いつかまた乾杯を』

父から愛されていないと思っていた。「働いてくれないのは、家族を愛していないからでしょ」と言ったこともある。当時高校生だった私は、父の言動が理解できなかった。目の前のことしか見えていなかったし、社会の厳しさや、逃げたくても逃げられない現実と向き合う苦しさを知らなかった。父が鬱だったことは、父を傷つけた後で知ったのだ。

　あれから十年経ち、家族がバラバラになり、それぞれの居場所を見つけて生きている。最近になり、荷物を整理していた私は、古いアルバムを見つけた。そこには幼い頃の私と、若い頃の父の笑顔があった。私を見る父の眼差しに、涙が止まらなくなった。私は愛されていたのだ。父が鬱だと知らずに過ごしていた、辛い家族の思い出は、いつの間にか愛に溢れた素晴らしい思い出まで侵食し、私は愛されていたことを忘れてしまっていたことに気がついた。

　現像した時に、カメラ屋さんでもらったであろう、フォトブックの表紙には【写真は愛のコミュニケーション】とある。本当にそうかもしれない。今は離れて暮らす父へ。ごめんね。愛を受け取るのが遅くなりました。そしてありがとう。父がいるから今の私がいる。療養が終わったら、私たちが好きな『The Beatles』を聴きながら、アルバムを片手に赤いワインを飲もう。しめは、あなたの好きなラーメンで。

追記
　結婚式のムービーを作ってくれたミルクちゃん。「この写真は誰が撮ったの？　すごくセンスあるよね」って。

運動会等で、イライラしながら撮ってくれていた父の姿は怖かったけど、周りを寄せ付けないほど集中して、全力でまたとない一瞬を切り取ってくれていたんだ。でも、怒ってばかりでもなかったはずだ。兄弟三人で写っている写真の笑顔は、きっと父が引き出したものだと思うから。

☀椎名林檎♫『ありあまる富』
「僕らが手にしている富は見えないよ」「価値は生命に従って付いている」など歌詞全てに訴えかけられます。今の私が持っているもののかけがえのなさ、尊さを。

土鍋で炊くご飯のおこげ

我が家には炊飯器がない。

きっかけは、炊飯器が寿命を迎えたこと。「まずは買わないで工夫してみよう」というあおくんのスタンスで、冬に鍋で大活躍の土鍋で、ご飯を炊いてみた。それが思っていたよりも簡単で、とっても美味しかったのだ。

ある番組で「不便益」（不便から得る利益）について放送されていたことを思い出

した。近代は、なんでもスピード命で、文明がどんどん進んでいるけれど、不便の中で得る豊かさや、味わいが奪われているという話。

ゆっくり進む電車では、車窓を楽しんだり、会いに行く相手のことを考える時間を持てたり、本を読んだり、工夫次第でどんな時間も楽しく過ごせる。それを時間の無駄、労力の無駄、いかに早く目的地に着くかが重要というのは、何だかちょっと寂しい。もちろん〝便利なものを取り入れることで得られる幸せ〟もあると思うけれど、私は不便益の考え方も大切にしたいと思った。

実家で昔から変わらない、母が漬物を漬ける後ろ姿にジンとくるあの感覚。あれはきっと、進みすぎた文明に、ちょっと疲れた時に感じるのではないか。

その時の火加減により生まれた、ご飯のおこげの美味しさは、ちょっとした手間暇をかけることで味わえるのかもしれない。生きている間に、文明の中に埋もれてしまった、美しさや奥ゆかしさを、一つでも多く体感したい。

追記

いつも穏やかで、笑顔が優しくて、誰よりも周りに心を配る「太陽婆」。私が遊びにいくと「体を大事にしなさいよ」「暗くなってきたけど、帰りは大丈夫？」と必ず言う。

書爺とのお別れの日。喪主の太陽婆が一番大変だっただろうに、スタッフに「大変ですよね」「ありがとうございます」と声をかけていた。

太陽婆は母たちに、食卓にある食材の背景には、作る人、運ぶ人、店頭に並べる人など多くの方が関わっていることを忘れてはいけないと、教えていたそうだ。

太陽婆はいつも「いただきます」と深々と頭を下げた後「美味しそうね」「これ美味しいね」「ありがとう」と言いながら楽しそうに食事をしている。これって実は難しいこと。

☀UVERworld♫『BABY BORN & GO』
力強いメッセージを、全身で届けてくれる。歌詞に「便利を超えた神にも似た力、そこで失った人間らしさ」とある。私は私に人間らしさを追求していくぞ。

☀松浦弥太郎『暮らしのなかの工夫と発見ノート』全三冊
『今日もていねいに。』
『あたらしいあたりまえ。』

『あなたにありがとう。』（ＰＨＰ文庫）
独自の着眼点で、物事の切り取り方や捉え方、前を向き、丁寧に愛を込めて生きる知恵が詰まっています。慌ただしさの中で見失ってしまいがちな日常の愛おしさを、いつも忘れないために、読み続けたい。

旅する

最近のマイファミリーブームは温泉巡り。慌ただしい平日を駆け抜けたご褒美だ。日帰りでも温泉に行くと、ちょっとした旅行気分になれる。売店には、その土地のものがあったり、興味深い健康グッズを知ったり、良書に巡りあえたり。

旅で心に余白を作ろう。今までの私は、予定を詰めすぎて、心身の声を聴くことを後回しにしてきた。そして「無理しないでね」という声かけを否定的に捉えていた。〝自分にはキャパがないってこと？〟って。そうではないのだ。余白を作っておくことで、いざという時に、すぐに判断でき、行動に踏み切れるのだ。余白がないくらい疲労状態では、迷いが生まれる。迷いはより疲労を生み、体調不良を引き起こす。

いつも旅する私でいたい。旅する気持ちで、日常を慈しむ。そこで生まれる余白の積み重ねは、インスピレーションを受けやすい私を作ってくれると思うから。

追記①

あおくんと私は、何かにつけて旅行を計画します。最近本で知ったのだけれど、旅行計画をすると幸福感が八週間持続するとか。それまでに逆算して日々のタスクを頑張れるし、シミュレーションして準備するものをリストアップし、買いに行く過程も楽しいものです。

計画も大好きだけど、金曜日「今から温泉地（家から三時間）行く？」と決める。急いで宿を取り、三十分で支度して、始まる弾丸旅の高揚感は格別です。

追記②

電車やバスが大好きな、こんくんを連れて、駅に行くことが多い。そこであおくんが「御湯印帳」を発見。道の駅のスタンプと併せて集めることが楽しみ。

こうやって、お日様ごこちになる〝暮らし〟を丁寧に積み重ねることが、お日様ごこちで〝生きる〟ことなのかもしれない。次章で考えてみたい。

☀めぐからのお土産「布巾着付きのご当地生ドレッシング」

関東で小学時代を共に過ごした「めぐ」。夫婦で、私の住む九州へ旅行を計画していると連絡をくれた。めぐ夫婦の旅程に合わせて、私も初めて訪れる観光地で合流させてもらうことになった。十年ほどぶりに会うめぐとは、昨日も会ったかのように。旦那さんの「せいしろうさん」とは初対面とは思えないくらいに。リラックスして話ができたのは、二人の優しい雰囲気が作る空間があるからだ。名物のあか牛丼を食べたり。カフェでゆっくりしたり。歩いたり。慎重なこんくんが人見知りしなかった。また、私が小学生の頃に作ったクマの絵本。私の記憶はふわっとしていたが、めぐはその絵本を私がクラスメイトに配ったエピソードを覚えていてくれた。探していたピースをもらった嬉しい気分。最高の旅をありがとう！

帰宅後も続く楽しい会話の余韻。日常に幸せをプラスするめぐからのお土産の生ドレッシング。それが入っていた布巾着は、これからの私を支える予感が漂っている。

☀岡尾美代子『Land Land Land 旅するA to Z』（ちくま文庫）

高校生の頃、ミルクちゃんからプレゼントしてもらった本。旅にまつわるものを写真と日記で、AからZまで紹介されている。

私が本を、特にエッセイを大好きになったのは、ミルクちゃんがいたから。ミルクちゃんがいなかったらこの作品は生まれていない。

お日様ごこちで生きる

心の糸

私は物事を引きずってしまう。〝あの時こうだったから、上手くいかないんだ。こんなつもりじゃなかったのに〟と苦しみの中にいる時は、自分と向き合うことができずに、何かのせいにしていたのだと思う。

そこを抜け出して、自分と向き合う。今を懸命に生きていけば、苦しい時は必ず過ぎていく。乗り越えた時は、なんとなく一皮剥けた自分がいる。

物置の整理をしていたら、小学生の時に書いたらしい自作の詩が出てきた。家を売ったことで、一度に多くのものたちを、心のお別れができないまま、手放さなければならなかった。だから、今手元に残っているものには、ものすごく愛着が湧く。もしかしたら残っていた意味があるのかも。

詩の周りには、天使が糸を紡ぐような絵も描いてあった。

心の糸
切れたり　からまったりする
時には　曲がることもある

その糸を直すのは　気持ちの仕事
切れたり　からまったり　曲がったりする糸
気持ちを入れ替えて　直していこう

なかなか気持ちの切り替えができず、悪い方向に考えてしまう自分の性格を、小学生の頃から分かっていたことに、私は驚いた。しかも解決策まで考えていたなんて！

「過去は振り返らない方がいい」と言うが、私は振り返りたいと思う。

以前は、過去を引きずっているなら、前だけ見て、進んでいかなくてはならない、と思っていた。けれど、立ち止まってしまう時期も、大切な私の一部になるのではないか。

振り返ることで、過去の自分から気づきを与えられたことは、自信に繋がると思う。

追記
辞書タイムです。
振り返る→過ぎ去った過去を思い返す。
比較する→二つ以上のものを比べること。比べ合わせて、異なるところを考えること。

他人や過去の自分と比べるのではなく、時に振り返ることを意識していたい、と再確認しました。

☀『ほぼ日5年手帳』

こんくんが生まれた、二〇二二年から使い始めた5年日記。A6サイズで辞書のような装丁。見開きで、左側に5年分の同じ月日の記録を、縦一列でつけることができて、右側はフリースペース。

去年の今日のことが分かるから面白い。こんくんの成長や、自分の考え方の変化が分かる。右側まで日記がはみ出ていたり、チケットやタグやシールを貼ったり。

毎年の読み書きの営みの中で、言葉が熟成されているといいな。

☀ミルクちゃんの手紙・ミルクちゃんとの交換ノート

日記の如く、その時々の気持ちが記録されている秘密の宝物。大人になっても〝読んだ本情報をシェアしよう！〟とゆっくりペースで交換ノートをしている私たち。二人でこっそり開いて、大爆笑して、愛おしく振り返る未来が見える。

生きることと死ぬこと

人として大切なことって、どんな事柄においても共通していると思う。

有名な著書や、人気がある歌は時代を問わず、国境を越えて伝わる愛があると思う。「それを全て言ってみて」と言われたら難しいけど。十人十色。同じ考えが基盤にあっても、共感のポイントや表現もまた違う。

波長が合い、一緒に成長し、共に生きていく家族や友人と〝大切なことを語り合えたらいいな〟といつも思っている。

語り合いたいことの一つに「どう死にたいか」が加わった。介護の仕事を通じて、看取りケアに携わったこと、大切な家族との別れがあったこと、がきっかけになった。

顔を合わせると、芸術について楽しそうに語り合う、書爺と描爺の姿を覚えている。親族が集まり、みんなに見守られる中、八十歳で逝った書爺。描爺は「一番先に逝ってほしくない人が逝ってしまった。残念でならない。ただ、いい生き様だったのは確かだ。いい死に様だ」と言った。今でも「こんな時、書爺ならなんと言うだろう」「話を聞きたい」と思うし、会いたくて堪らないことがある。母から書爺の話を聞いたり、私が面白い本を見つけて、母にプレゼンしていたら「書爺の良いところを受け継いでいるね」と言ってくれたり。私の人生には、いつも書爺がいる。

描爺は、晩年、県外で一人暮らしだった。描爺の食欲が少しずつ落ちてきた頃、私は育休中で、生まれたばかりのこんくんを連れて、何度も会いに行くことができた。生後二ヶ月のこんくんを、初めて抱っこしてくれた時の、描爺の柔らかく喜びに満ち溢れた笑顔は忘れられない。こんくんの離乳食が始まると、食べている様子を見て微笑み、何日か食べていなかった描爺も、起き上がった。そうして、こんくんと一緒に食事を摂ることができた。体調がいい時は、絵を描いてくれた。たくさん話をしてくれた。九十六歳を迎えて間もなく、描爺はアトリエで静かに逝った。

もう二度と、書爺と描爺の、あの笑顔は見られないけれど、二人とも今でも私の心の中にいて、私を支えてくれている。命を繋いでいくことの尊さを、素晴らしさを、教えてくれた。

これまではどう生きるのかをずっと考えてきたけれど、その問いは、どう死にたいか考えることと等しいかもしれない。怖くて目を背けたくなる死。でも、誰もがその時が来るし、大切な人ともいつかは別れが来る。

どう生きたいか。今を突き進む先に、避けては通れない死がある。だからこそ、今を大切に、そして、かけがえのない人と多くのことを共有して生きていきたい。その関係性の中で築かれた信頼や絆が、何かを乗り越えていく時に、途轍もない力をくれる。これが〝愛〟であり〝人生〟なのかもしれない。

追記

ぽつんぽつんと時々音を鳴らす加湿器。すーすーっと、交互に聞こえる、あおくんとこんくんの寝息。幸せだなと思う。いつかこの日を思い出して、切なくなったりするのかもしれない。こんくんの額の汗。これを拭くことも、今だけの特権なんだ。

☀映画『世界一キライなあなたに』
もちこと観た映画。人生は長さではなく、どう生き抜いたか。愛の形に定義はないことを教えてくれる。

☀曽野綾子『人生の意味』(プレジデント社)
「終わりがあるから輝く」「人は死ぬまで自分の実像を眺めることがない」「幸せを感じる才能は開発していくもの」など、生きることを清々しく表現している。
私には持ち合わせていない表現や知らない言葉と出会う。辞書を引く。もっと多くの価値観に触れたいと思う。

☀財前直見『自分で作る　ありがとうファイル』（光文社）

一ページ目から、びっしり、かしこまって、書かないといけないという緊張感を取っ払ってくれました。ファイルを使ったエンディングノートの参考例が、丁寧に記載されていて、自分らしく楽しく作る手伝いをしてくれます。

ベストタイミング

『大切な家族のものがたり』というエッセイコンテストに惹きつけられた。その背景には、文章を書くことが好き→生前、描爺が残した好きな言葉が「実行すること」と聞き、育休中に何かチャレンジしようと決意→弟の結婚式に出席→気になるエッセイコンテストを見つける、の流れがあった。

〝物事にはしかるべき時期がある〟のかもしれない。一大決心から、家計簿をつけるとか、日常のちょっとしたことまで。何か新しいことを始めた時は「早くやれば良かった」と言い訳せず「私にとっては、今だったんだね」と言ってあげたい。

行動に移すまでの自分がいたから、今の自分がいる。だから過去の自分にお礼を言いたいし、報告したい。その時々悩み抜いて、いくつもの決断を重ねて生きてきたんだ。たとえ周りから「今頃気がついたの？」って言われても関係ない。私は私の道を自分で選び、これからも進んでいくだけ。今の私を認めてあげるのは、他の誰でもない私。自分を認めることは、自分を愛することの始まりだと思うから。

追記

エッセイ執筆にあたり、毎日少しずつ書いていこうと決めたのにできない。とにかく手を動かすことで、どうしたいか、何が足りてないか、見えてくるはずなのに、言い訳をしてやらない。嫌な自分との戦いがありました。

体調不良で先延ばし→弱くてダメな自分を責める→イライラが募り周りに八つ当たり→自己嫌悪で落ち込む→体調不良を引き起こす、の負のループが始まります。

心と体は繋がっています。体を治すことで、心の元気を取り戻していくことが最優先です。時間は平等。くよくよしている時間があったら、寝て頭を洗濯しよう！

☀堀江昭佳『血流がすべて解決する』『血流がすべて整う食べ方』『血流がすべて整う

暮らし方』（サンマーク出版）
心身の健康の真髄に迫った三冊。漢方薬剤師の著書の愛称は「堀ママ」。堀ママは、自分を愛することの大切さを教えてくれます。神秘的で、湧き水のような、本来持つ身体の力を知る。読むたび、驚き、納得することばかり！
できることから、生活に少しずつ取り入れて、血流良くしていこう！

私の色

小さい頃、三人兄弟で何かを色分けする時、私は黄色、幹は水色、もちこはピンクだった。小学生の頃は、赤系より、青系が好きと言いたかった。そもそも〝なんで、性別で色の系統があるんだろう？〟と違和感を覚えていた。みんなと同じは嫌だし、珍しがられたくて、好きな色を尋ねられたら「紫」と答えていたこともある。

多感な中学生の頃は、自分に自信が持てなくて、白黒グレーの無難色を選んだ。自分に似合う色が分からなかったし、それを知ろうと努力せずに、いじけていた私を変えてくれたのはミルクちゃん。「似合わないじゃなくて、慣れてないだけかもしれないよ」と私におしゃれの楽しさを教えてくれた。知らない世界を怖がらず、本や雑誌で勉強して試していたのだ。ミルクちゃんが活き活きしていて可愛くて、私もそうなりたいと必死で真似をしたっけ。

二十歳を迎えた短大生の頃、ピンクに夢中になった。子宮頸がん検査を周知するためのイベントに参加したことがきっかけだ。講演会で「子宮はピンク」と聞いて感動した。〝ジェンダーレスのマインドでいなくてはいけない〟と思っていたが〝女の子は本能でピンクが好きなのか〟と納得した。

あおくんと出会って、あおくんが好きな、赤と青が好きになった。あおくんが初めてプレゼントしてくれたものは、赤と青の色違いのキーケースだった。それ以降、何かと赤系と青系でお揃いをすることが増えていった。

結婚してから、友達から緑色のものをもらうことが増えた。私も緑のカーテンや緑のドレスを選んでいた。その矢先、描爺の好きな色を初めて聞いたら「グリーン」って！　今の自分が、一番惹かれている色で驚いた。

好きな色の変化は、私の変化だ。何にも染まらない黒になってもいいし、色々な色に染まってみてもいい。大事なのは私が私の色を決めること。その時々の色を、心から楽しむことなんだ。

追記

色をテーマにした作品は、たくさんある。心を表現できて、パワーをくれる色たちは、人生を豊かにしてくれる。カラフル万歳！

☀レオ＝レオニ作、谷川俊太郎訳『じぶんだけの　いろ　いろいろ　さがした　カメレオンの　はなし』（好学社）

主人公のカメレオンは、色が変わることに悩み、自分の色を持てないことを悲しんでいた。カメレオン仲間に出会い、二匹で一緒に同じ色になることで、自分の存在意義を見つける物語。

☀にしまきかやこ『わたしのワンピース』（こぐま社）

落ちてきた真っ白な「きれ」で作ったワンピースを着て、散歩に出掛けた主人公。お花畑を通ると、ワンピースは花模様に。雨が降ってくると、ワンピースは水玉模様に。どの模様も、楽しめる心が大切だと分かる。

感情怪獣

私は感情コントロールが下手だ。モヤモヤ広がる感情に支配され、苛立ってしまう。怒り爆発の感情怪獣になった時、幹が原因を一緒に分析してくれた。

一つ。感情に良し悪しはないもの。「そう思ってはいけない」はない。生まれた感情を素直に受け止め、信頼できる人に打ち明け、今後の自分の対処方法を考えるヒントを、話しながら増やしていくこと。

二つ。自分の視点に偏りがないか点検する。私は、人としてどうあるべきかという、自分の視点を強く持っている。それらに反する行動を目の当たりにして、思った通りの展開にならないと、怪獣化している傾向がある。時には流れに身を任せてみること。

三つ。人の言葉で傷ついてしまうのは、相手に悪意がなくても、勝手な受け取り方で解釈してしまうから。発する時も、受け取る時も、このことを十分に意識していく。

四つ。共感されたい、肯定してほしいを前提にすると分かり合えない。でも話さないと歩み寄れない。決めつけないで、意見交換すること。

分析結果を心のお守りにしていたら気がついた。感情怪獣の種になるモヤモヤは〝何が嫌だったのか分からない時〟に起こっている。話を聞いてもらいながら、今の気持ちを自分の耳で聴いて、考えることで〝嫌の正体〟が分かってくる。
「嫌の正体を分かりたい」と思って話すのと、「何故かモヤモヤしてイライラする」と思って話すのとでは、切り替えのスピードが全く違う。怪獣の種であるモヤモヤを、しっかり突き止めて、芽を出す前に摘み取ろう。大きく育てて支配されないように。
感情怪獣を手のひらで、遊ばせてあげるくらいに、成長していきたい。

追記
感情怪獣になる度に、家族や友人に相談するので、迷惑と心配をかけてばかりの私です。皆様！　いつも聞いてくれて本当にありがとう。これからも手を貸してくれたら嬉しいです！

☀服部みれい『なにかいいこと　自分をほどく知恵のことば』（イースト・プレス）
心地良く生きるためのマインドや体作りのヒントが詰まっています。
過去の記憶に囚われすぎて、モヤモヤしてしまう時に、「ホ・オポノポノ」というハワイの問題解決法を、知りました。振り返ってもいいけれど、囚われ続けないために、記憶をクリーニングして、今の自分を大切にしていこう。

☀服部みれい『あたらしい自分になる本 増補版 -SELF CLEANING BOOK』『自由な自分になる本 増補版 -SELF CLEANING BOOK2』(ちくま文庫)

感情怪獣と根本から向き合う、心身共に健康でいるための楽しいヒントがたくさん。靴下の重ね履きや半身浴は芯から温まる。できることは、すぐ取り入れてハッピーに。『うつくしい自分になる本 増補版 -SELF CLEANING BOOK3』も早く買わなきゃ!

季節の花

「カランコエの季節だね。お宅は咲いた?」

「デンドロビウムをそろそろ植え替えるけど、株分けしようか?」

「この雑草、昔はなかったよね。根に棘あるから気をつけて取らないとね」

「紫陽花は植えたらすぐ根が張るよ」

介護の仕事で、利用者様とお話をすることが多い、幸せな私。季節の移り変わりを、肌と花で感じている利用者様は、とっても素敵。

私も日常に植物を感じたくて多肉植物に挑戦。ところが、気持ちに余裕がなくなり、世話が滞り、枯らしてしまう失敗続き。そもそも〝挑戦〟というスタンスではないところにあるものかも。

心機一転。引越しを機に、多肉植物や花を迎えた。朝起きたら「おはよう。元気？」と話しかけたり、霧吹きで葉に水をかけたり。弱った花は摘み取って、ドライフラワーにするために吊るしたり。できることから始めた。

心が潤う感覚がある。ベランダの花を見ながら朝食を摂る。お迎えした花や多肉植物を、こんくんと植え替える。空気も澄んで感じる。そういえば喉が痛い日が減った気がする。

まだまだ分からないことだらけ。ある日、土に虫やカビが湧いてしまい、利用者様に相談した。「なんでもやってみないと分かるようにはならないよ」「失敗しても良いんだよ。私たちが教えるから大丈夫」と心強い言葉をもらい、少しずつ、季節の花センサーを磨こうと企んでいる。

追記

同僚のぷーちゃんとも、植物に関する情報交換を行っている。二人で利用者様に習ったり、試したことを教え合ったり。深い思いやりと、高い向上心を持っているぷーちゃんがいてくれるから、私の日常は潤う。

悩むことがあっても、すぐに相談できて、アイデアを出し合って、一緒に解決できる。ぷーちゃん、いつもそっと寄り添い、時には肩を貸してくれて、本当にありがとう。お互い高め合って、共にいい歳の重ね方をしていきたい。

☀ターシャ・テューダー作、末盛千枝子訳『すばらしい季節』（すえもりブックス）

主人公のサリーは、いつも五感で季節の喜びを探していて、こんなにも、たくさんの美しい自然に囲まれていることを、私たちに、思い出させてくれます。

あと何回、桜やコスモスを見られるか分からない。家族との時間も限りが有るもの。日々を大切に過ごそう。

☀サンエックス監修『すみっコぐらしの四季めぐり』（リベラル社）

江戸時代に、農業の目安にしていた暦で、人々の生活に根ざした、二十四節気と七十二候。仕事で「今日はなんの日」を紹介する機会があり、知りました。子どもにも楽しく伝えられる、可愛いイラストと優しい説明が好き。

四季が生み出す心理描写や情景描写に出会うことができる文化を楽しみたい。

母の愛

小さい頃から、たくさん母に話しかけてもらった私は、一歳にして一語、二語は喋っていたそうだ。母と私のコミュニケーションのスピードや一体感は、独特な世界を持っていると思う。

いつでもそっと背中を押してくれる母。「それは思いつかなかった。やっぱり話すって大事だね」と時代や常識に囚われず、今の私をきちんと見てくれて、受け止めて、応援してくれる母。これらはものすごく難しいことだと思う。母のエピソードは山程あるが、厳選して三つ語らせてほしい。

一つ目は、産後にメンタルが不安定になった時の話。母が家事の手伝いに来てくれる日の前日、悩みを打ち明けると「自分の方が大変だった話」を紹介されるので、今回は母に相談しないと意固地になって「明日来なくていいから」と突っぱねて「どうしたの」と言われてもノーリアクション。

それなのに母は、私の好きなサンドイッチとカフェオレを買ってきて「来ちゃった」って。ありがた迷惑と思う反面、ほっとする私は、いつまで経っても、母にはお子ちゃま全開だ。

もう来てしまったら、なぜいじけていたのか話すしかなくなり、よく分からない涙を流しながら「話してもお母さんはさ、自分の方が大変だったって言うでしょ。確かにそうだと思うけど、私は私で悩んでいるのに！　だから言いたくなかった」と言ってしまったのだ。そうしたら想像を遥かに超える回答が来た。

「ごめんね。でもそれを言うのはね。うら葉に、乗り越えてほしいと思っていて、乗り越えられると信じているからだよ。お母さんの方が大変だったと言われても話しなさい」

そうか。母も大変だったんだな。でも乗り越えている。だから私も大丈夫だって思えるように、言ってくれたのだ。悔しい嬉しい。鼻水と涙でボロボロになった。

二つ目。母と同居している太陽婆が流行中の感染症に罹り、しばらく会えなかったことがあった。隔離解除になった日「こんくんに会いたいでしょ？　行くね」と電話をして、会いに行った。母は「こんくんにも、もちろん会いたいけど、こんくんと触れ合っている、うら葉にも会いたいんだよ」と言ってくれた。その時はなんだか恥ずかしくて、「はいはい」とさらーっと流してしまったが、嬉しかった。

三つ目。私と母は誕生日が一日違い。母の誕生日の翌日が、私の誕生日だ。同じ誕生日になりそうだったところ、二十四時を過ぎた〇時十一分に私が誕生したのだ。

母の誕生日の日に会いに行って一緒にお祝いするのに、私の誕生日当日には、自宅に手紙が届く。毎年、鉛筆で書かれた母の文字たちは、私の涙で滲んでいく。何回も消したり書いたりして、試行錯誤して言葉を選んでくれたのだろう。そして私を丸ごと受け入れて〝いつでも応援しているよ〟ということが、直球で伝わってくる。

母は「書爺と太陽婆に、愛されていないと思ったことは、一度もない」と言う。きっと二人がいつも、母を温かく見守ってくれたから、母は愛で満ち溢れているんだ。

母のように、愛情を注げる人になりたい。いつも色々な感情をぶつけてごめんね。力強く受け止めて、受け入れてくれてありがとう。体を大事に長生きしてね。

追記

エッセイのことも手紙で「うら葉だからこそできる」と言ってくれた。

「いっぱいいっぱいで体調を崩さないように、お母さんのところで甘えてほしい。何歳になってもお母さんの娘なんだからね‼」と。

こんくんと、母は五回りで、同じ干支。「この先ずっと、この差を喜んで受け入れて楽しみたいと思っているよ」って。

手紙に加え、母手作りの筆箱、巾着、小物入れなどは私の心髄を作る存在だ。

☀えちがわのりゆき絵、ふじたゆり文『ほわっとする？　がんばるあなたへ』（Gakken Sta:Ful）

二十八歳の誕生日に母からもらった、お手紙絵本。肩の力を抜いてほわっとできる、優しいメッセージに癒される。

☀SUPER BEAVER♫『ひとりで生きていたならば』

もちこから、母の好きな歌と聞き知った。「原動力はずっとひとりで生きていないこと」まさに母。母の還暦祝いのプレゼントを渡す前のＢＧＭに。

こんくんが二歳半の時に、童謡以外で初めて歌った曲となった。

あおくんは宇宙一

いつも私を、深い愛で丸ごと包み込んでくれる、あおくん。忘れん坊だけど、いつも上機嫌で、優しくて、フットワークが軽い。お調子者だけど、いつも私の喜怒哀楽に付き合ってくれて、切り替えが早い。そしてよく笑う。報連相は苦手で、映画や本の感想はいつも一言だけだけど、いつも「可愛いね」「愛してるよ」「ありがとうね」と愛を伝えてくれて、辛い時は「そんな日もあっていいよ」「大丈夫だよ」「今日は飲む?」「どこか行こうか」と寄り添い、励ましてくれる。慌てん坊で、うっかりさんだけど、一喜一憂が激しくて我儘で幼稚な私も、しっかりちゃっかり欲張りな私も、拘りが強くて困ったちゃんな私も、受け入れてくれて、時に面白がって、時にセーブして、時に褒めてくれる。

それなのに、いつも怒ってばかりでごめんね。本当はとても尊敬しているのに、自分のことで精一杯で、なんだか照れくさくって、素直になれなくて。

なかなか赤ちゃんを授かれなくて、悩んでいた時「二人で生きていく人生も、覚悟できているよ」「きっと楽しいよ」って言ってくれてありがとう。その言葉に救われて、リラックスできたから、こんくんが来てくれたよね。

流産を経験して立ち直れなかった時「うら葉さんと、こんがいてくれるから幸せだよ」って言ってくれて、リフレッシュのための旅行に連れて行ってくれてありがとう。立ち直ると信じて、いつもと変わらずに待っていてくれて、ありがとう。

あおくん、あなたは宇宙一。

きっと、あおくんのご家族が、たくさんの愛を、あおくんに注いでくれたのでしょう。感謝してもしきれないけれど、私なりに、皆様に愛を表現し続けていきたいと心から思っています。あおくんの親族の皆々様。いつも優しく受け入れてくださり、そっと寄り添ってくださり、本当にありがとうございます。私、宇宙一幸せです。

あおくん。私を選んでくれて、支えてくれて、愛してくれてありがとう。あおくんは〝お日様ごこち〟。あおくんが居れば、どこで暮らしても、きっとずっと楽しくて嬉しい。大好きなあおくん、私とっても幸せです。これからもどうぞよろしくね。

追記

あおくんと出会い、あおくんの友達（県外在住）と出会った。旅先で合流して一緒に遊んだり、みんなで飲んだり。常にありのままで楽しく話せる。私も仲間に入れてくれてありがとう。

☀UVERworld♫『7日目の決意』『EN』『MOND PIECE』『AFTER LIFE』
かっこいい生き方が滲み出ていて、ハッとさせられる歌詞が多い。あおくんが、大好きな『UVERworld』の中でも、特に愛着のある四曲。私も大好き。どの曲も〝自分らしくどう生きるか〟を問うている。

☀映画『青葉家のテーブル』『グレイテスト・ショーマン』『かもめ食堂』
私に付き合って観てくれて、あおくんも気に入ってくれた、映画。どれも、今までの自分と向き合い、愛を見つける物語。
一緒に観ている映画やテレビ番組がある。共通の話題を一つでも多く持っていたい。何を観ても聴いても、あおくんに、話したいと思う。

笑って泣いてお日様ごこち

〝お日様ごこちは、愛から生まれるのではないか〟
〝世界は愛で作られていて、愛は芸術で表現されているのではないか〟

これを紐解くことが私のテーマだ。

お日様ごこちになる〝思い出〟〝もの〟〝場所〟を思い返すことで、愛は、目に見える形と、心に残る形で表現されていると感じることができた。それらが私らしい、お日様ごこちになる〝暮らし〟を作っている。〝暮らし〟を積み重ねて、私のお日様ごこちになる〝生き方〟になっていく。

私たちはみんな、愛を表現し、世界を作るアーティスト。私たちアーティストは、愛のサイクルを周りながら、深みのある人間になっていくのではないかと思う。

笑って泣いて、自分と向き合ってきた今まで。家族の在り方を考えたい、結婚したい、介護福祉士の資格を取りたい、本を書いてみたい、いつかの願いは全て叶っている。近づきたくて踠き、描いてきたんだ。

これからも、今ある〝お日様ごこち〟を見失わないように、なりたい私に、一歩ずつ近づいていこう。未来で私が〝お日様ごこち〟について語る時、どんなことを言うであろうか。

追記

私の考える〝愛のサイクル〟

①「私は一人じゃない」と心から感じる体験を通じて、愛を知る（受け取る）。
②その中で「大切なことは何か」を自分なりに育てることで、愛を考える。
③育てた気持ちを、言葉や行動で表現することで、愛を伝える。

このエッセイを通じて、考えたことを書き、また考え、書き直すことで体感したサイクル。順番が変わったり、足りない要素を見つけたり、今後も考え続けたい。

☀エーリッヒ・フロム著、鈴木晶訳『愛するということ』（紀伊國屋書店）
幹のオススメの本で、もちこも持っている。三人お揃い。読み砕けない表現もあることが良い。「愛するということ」が重要なスキルとして、歴史も踏まえて講じられている。繰り返し読んで考え続けたい。愛するということを。

☀谷川俊太郎『ひとり暮らし』（新潮文庫）

今まで難しい表現が多い本からは遠ざかっていたけれど、凄まじい表現力に引き込まれた。谷川俊太郎さんのオリジナリティ溢れる芯の強いエッセイ。辞書を片手に、世界が広がる感覚を脳裏に焼き付ける。

☀ＹＵＫＩ♫『わたしの願い事』

結婚式のエンディングムービーに選んだ曲。「さんざん雨に打たれても　強くなりたいわ」「流れる時代に　押し潰されない　自由を履き違えず」など、わたしのこう在りたいが詰まっている。

エピローグ

書き始めた頃は、〝これまでの集大成だ。一生に一度の大勝負だ〟と意気込み、格好つけようとして、思うように書けず、〝書くのは今じゃないかも〟と何度も諦めかけました。

〝今の私が伝えたいことを、今の私で表現しよう〟と思うことができたのは、約二年、考えていることを形にできる楽しさや、喜びは計り知れないと、遠回りしながらも、感じたからです。この原動力となったのは、私のバイタリティを信じて導いてくださった出版社の板原さんをはじめとするスタッフの皆さん、応援し続けてくれた友人たち、書く時間を支えてくれた家族の存在です。心から感謝しています。

多くの〝お日さまごこち〟に出会い、支えられながら歩んだ今日まで。悩み抜いた十代。暴れまくった二十代。それらをすくい上げるように愛を考える、三十代へ突入した私。今の考え方は、きっと膨らんだり縮んだりして変わっていく。これから先どうなっていくのかは、分からない。分からないから楽しいんだ。

私は〝お日様ごこち〟を大切に、日々変化を楽しみながら、色々な私に出会いたい。

歳を重ねた時も、しわくちゃの笑顔で笑って、しわくちゃの頬を愛でるような涙で泣きたい。

私と出会い触れ合う中で、愛を教え、与えてくださった大好きな皆様へ。生まれてきてくれて、あなたとして生きていてくれて本当にありがとう。心から愛を送ります。

これからも私の愛を受け取ってくれたら幸いです。

読者の皆様！　いつかどこかでお会いできることを楽しみにしています。あなたがあなたを愛し、愛され、愛で溢れますように。

世界は愛で溢れている。ああ、なんて素晴らしいんだ。これからも愛を表現するアーティストの一人でありたい。どこにでも咲いているようで、唯一無二の、あの詰草のように優しく佇んでいたい。

二〇二五年　愛を込めて　詰草　うら葉

〈著者紹介〉
詰草うら葉（つめくさ うらは）
1993年生まれ。読書、旅行、芸術鑑賞、コーヒー好き。2023年コンテスト挑戦を機に、執筆活動を始める。本作はデビュー作。

〈章扉イラスト〉
こもちもちこ

JASRAC 出 2500085-501

笑《わら》って泣《な》いてお日様《ひさま》ごこち

2025年3月24日　第1刷発行

著　者　　詰草うら葉
発行人　　久保田貴幸

発行元　　株式会社 幻冬舎メディアコンサルティング
〒151-0051　東京都渋谷区千駄ヶ谷4-9-7
電話　03-5411-6440（編集）

発売元　　株式会社 幻冬舎
〒151-0051　東京都渋谷区千駄ヶ谷4-9-7
電話　03-5411-6222（営業）

印刷・製本　中央精版印刷株式会社
装　丁　　野口 萌

検印廃止

Printed in Japan
ISBN 978-4-344-69239-8 C0095
幻冬舎メディアコンサルティングＨＰ
https://www.gentosha-mc.com/